이쁜 다람쥐와 순수한 다람쥐

이쁜 다람쥐와 순수한 다람쥐

초판 1쇄 발행 2023년 6월 7일
개정판 1쇄 발행 2024년 6월 30일

지은이 이윤구
펴낸이 장길수
펴낸곳 지식과감성#
출판등록 제2012-000081호

교정 주경민
디자인 오정은
편집 이현
검수 정은솔
마케팅 김윤길, 정은혜

주소 서울시 금천구 벚꽃로298 대륭포스트타워6차 1212호
전화 070-4651-3730~4
팩스 070-4325-7006
이메일 ksbookup@naver.com
홈페이지 www.knsbookup.com

ISBN 979-11-392-1930-2(03810)
값 11,800원

- 이 책의 판권은 지은이에게 있습니다.
- 이 책 내용의 전부 또는 일부를 재사용하려면 반드시 지은이의 서면 동의를 받아야 합니다.
- 잘못된 책은 구입하신 곳에서 바꾸어 드립니다.

지식과감성#
홈페이지 바로가기

이쁜 다람쥐와
순수한 다람쥐

글 이윤구

개정판

귀여운 다람쥐를 통해서
일상사의 부드러움을 느껴 보고자 한다.

목차

서문   7

순수한 다람쥐   8
다람쥐 누나   10
걱정   12
다람쥐 마을   13
사악한 뱀   17
가재 누나   21
굴 파기   23
칡   25
눈이 녹다   27
사철나무   30
두 가지 약속   32
다른 마을   34
버섯 바위   36
새로운 친구들   38
이쁜 다람쥐   40
사랑을 속삭이다   42

얼굴 핥기   48
재회   50
내 굴 파기   52
눈 찌르기   54
책임감   58
아기 다람쥐   59
답례   61
초토화   63
토끼 아줌마   64
만감   66
절룩 다람쥐   69
행복의 시작   72
시간아 이대로 멈추어라   74
어린 다람쥐   77
청년 다람쥐   79
일곱 아기 다람쥐   82
나를 밟고 가라   89
희생   94
떠나가는 다람쥐들   100
이쁜 다람쥐 이야기   105
하늘의 별   109
깨달음   117

서문

나의 일상사를 글로 재미있게 적어 보고자 한다.

특별한 의미는 없다.

귀여운 다람쥐를 통해서 일상사의 부드러움을 느껴 보고자 한다.

여성분들을 위한 글이다.

이 글 역시 순수함이라는 범주에서 벗어나지는 않는다고 본다.

또한 인간이 자연과 함께 살아가는 모습을 실천하여 우리 후손들에게 '그래도 우리는 할 만큼 했어.'라는 자부심을 가져야 한다고 생각한다.

그리고 일상사에 느낄 수 있는 것을 몇 자 더 적었다.

순수한 다람쥐

 나는 순수한 다람쥐다.
 보통 주위에서 그렇게 부른다. 누가 그렇게 부르는지 모른다. 왜냐하면 내가 그런 말에는 관심이 없기 때문이다.
 내 위로는 아빠 다람쥐, 엄마 다람쥐, 아래로는 아기 다람쥐 둘 이렇게 산다. 사는 곳은 산 중턱에 낙엽이 많이 덮여 있는 동굴 안이다. 자고 눈을 뜨면 사방팔방 돌아다니며 논다. 이유는 없다. 주로 먹는 것은 도토리다. 계절에 따라 먹는 열매가 다르다. 보통은 아빠 다람쥐가 도토리를 가져오면 엄마 다람쥐가 이빨이나 뾰족한 바위를 이용하여 껍질을 까서 나나 아기 다람쥐에게 준다.
 나도 커 가면서 혼자서도 도토리, 밤버섯 등등 따서 먹고 남으면 동굴에 가져와서 엄마 다람쥐나 아기 다람쥐에게 주곤 한다. 어느 날은 아빠 다람쥐와 엄마 다람쥐 모두 도토리 가지러 가면서 아기 다람쥐 잘 보라고, 굴 바닥에 도토리가 있으니 까서 아기 다람쥐랑 사이좋게 나눠 먹으라고 도토리가 있는 곳을 알려 주시곤 한다. 그러면 난 혼자 실컷 놀다가 배고프면 땅을 파서 도토리 몇 개를 까먹고 아기 다람쥐들이 오면 한 개씩 준다. 근데 이빨이 약한 아기 다람쥐는 들고만 있지 먹지는 못한다. 측은하게 나를 본다. 그럼 나는 뺏어서 껍질을 획 한 번에 까서 반으로 나눠 각각 주고 한 개는 날름 먹어 버린다. 아기 다람쥐들은 차근차근 먹으며 나를 경이롭게 본다. 바보 같다.

다람쥐 누나

시간이 흘러 늦가을이 됐다. 나는 온산을 헤집고 다니며 맛있는 거 먹고 많은 경험을 쌓고 있었다.

어느 날은 운 좋게 쥐밤나무를 발견했다. 실컷 먹고 쥐밤 몇 개를 입에 물고 우리 굴로 왔다. 들어가기 전 옆 굴 쪽에서 이상한 소리가 들려 가까이 가 보니 옆 굴 엄마 다람쥐가 다람쥐 누나에게 돌을 던지며 나가라고 소리쳤다. 그때마다 다람쥐 누나는 울면서 같이 살자고 애원했다. 머리에서 피까지 흘리는데도 말이다. 나한테 잘해 주고 따뜻한 마음을 전해 주던 다람쥐 누나여서 마음이 짠하다. 만약에 내가 하지 마시라고 한다면 돌멩이는 나한테 날아왔을 것이다. 남의 일이지만 도토리를 가장 많이 가져오고 열심히 일하는 다람쥐 누나를 내쫓으려는 것은 이해가 안 갔다. 그냥저냥 행복하게 살면 안 되나…….

이런 광경을 몇 번 본 터라 내가 끼어들 처지는 못 되어 그냥 우리 굴로 들어왔다. 우리 굴 다람쥐들은 쥐밤을 내놓으니 기뻐했지만 나는 마음은 무거웠고 다람쥐 누나가 걱정됐다.

걱정

 혼자 낙엽을 깔아 덮고 자려니 어릴 적 다람쥐누나 생각이 났다. 지렁이 친구랑 한참 술래잡기를 하며 재미나게 놀고 있었는데 깜빡 잠이 들었다. 그때마다 다람쥐 누나가 지나가면서 입에 물고 있던 작은 도토리로 뽕 하고 나를 맞혔다. 그러면 깜짝 놀라 도토리를 주웠다. 이 도토리가 나무에서 떨어진 줄 알았는데 그때마다 다람쥐 누나가 웃으면서 지나갔다.
 도토리를 가지고 바위에 비벼 까서 먹거나 지렁이 친구를 불러냈다. 지렁이 친구랑 난 도토리를 가지고 하루 종일 재미나게 놀았다. 가끔은 못된 다람쥐 형들이 뺏어 가기도 했지만 도토리를 준 다람쥐 누나를 잊을 수가 없다.

다람쥐 마을

 겨울이 오기 전 다람쥐 마을에서 모임이 있단다.
 그래서 아침 일찍 우리 굴 다람쥐들은 신이 나서 다 같이 다람쥐 마을로 향했다. 가는 도중에 옆 굴 다람쥐들을 만났다. 서로 반갑게 인사했지만 뭔가 이상했다. 다람쥐 누나가 안 보이는 것이었다. 그러려니 하고 발길을 재촉했다. 나는 매번 가는 다람쥐 마을이지만 아기 다람쥐들은 처음으로 가는 길이라 신이 났다. 아빠 다람쥐 등에 올라서 가기도 하고 엄마 다람쥐 등에 올라서 가기도 했다. 옆 굴 다람쥐 아기들도 마찬가지로 그렇게 갔다.
 드디어 다람쥐 마을에 도착했다. 아기 다람쥐들은 너무 신나 여기저기 달리기에 바빴다. 그러면 아빠 다람쥐와 엄마 다람쥐는 아기 다람쥐들을 찾아가 꼭 붙들었다. 나는 천천히 마을 여기저기를 둘러보며 시간을 보냈다. 예전에 비해 바뀐 건 없는 것 같았다. 작은 바위들도 그대로 있고 마을을 가로질러 흐르는 냇물도 그대로 있었다. 다만 모르는 다람쥐도 보이고 마을 다람쥐 촌장은 배가 더 나와 있었다. 잠시 후 마을 다람쥐 촌장의 연설이 있다고 해서 엄마 다람쥐가 어디 있나 보니 작은 바위 위에 모두 모여 앉아 있었다. 그리 가서 아기 다람쥐를 안고 아빠 다람쥐와 엄마 다람쥐 사이에 앉았다.

곧이어 다람쥐 촌장의 연설이 시작되었다.

"첫째로 사악한 뱀, 무식한 멧돼지, 나는 매를 조심할 것. 둘째로 겨울 대비를 위해 굴을 깊게 팔 것. 셋째로 이웃에 있는 병든 다람쥐에게 도토리를 가져다 줄 것. 넷째로 어디는 가고 어디는 가지 말고. 이상!"

원래 엄마 다람쥐에게 누누이 들었던 말인데 다람쥐 촌장이 같은 말을 하니 다람쥐 모두가 박수는 안 치고 웃기만 한다. 그도 그럴 것이 대책 없는 말만 하니 나도 헛웃음만 나온다. 옆에서 같이 듣고 있던 아빠 다람쥐가 귓속말로 저 촌장의 말이 맞는다고 해도 저 말만 하고 도토리만 걷어 가고 정작 안전은 다람쥐 각자가 챙겨야 한다며 한쪽 귀로 듣고 한쪽으로 흘리라고 주의를 준다.

이후 못생긴 촌장 다람쥐 딸내미가 노래를 부르고 촌장이 돌아다니면서 인사를 하면 마을 다람쥐들은 도토리를 숫자대로 내놓는다. 만약에 다람쥐 숫자대로 못 내놓으면 촌장 뒤를 따르는 우락부락 배 나온 아들내미가 숫자대로 쥐어박는다. 촌장이 아빠 다람쥐와 서로 인사한다. 엄마 다람쥐가 도토리 세 개, 내가 큰 밤 한 개를 내놓으니 날름 가져간다. 아기 다람쥐들이 불만에 차 찍찍거리자 촌장 아들내미가 아기 다람쥐 머리를 쓰다듬으며 나를 보고 귀엽네 하고 씩 웃으며 지나간다. 입술이 두툼한 녀석이 웃으니 가증스러워 입맛이 싹 가셨다. 이후 다람쥐들의 잔치가 열렸다. 각각 가져온 다양한 열매(도토리, 상수리, 큰 밤, 쥐밤, 망개 열매, 개암, 으름, 개복숭아, 산초 열매, 고사리, 송이버섯, 당귀, 더덕, 산삼, 도라지, 다래, 칡, 마, 잣, 머루와 촌장이 걷어 간 도토리 몇 개를 합해서 맛있게 먹기 시작했다. 나는 입맛이 없어 아기 다람쥐들 먹으라고 한꺼번에 도토리를 까 놓으면 아기 다람쥐들만 신났다.

 저 멀리에서 다람쥐 누나가 초췌한 모습으로 혼자

앉아 있었다. 야윈 모습을 보니 안쓰러웠다. 으름 몇 조각 먹더니 퉤퉤 뱉으며 자기 굴 다람쥐들도 안 만나고 어디론가 사라졌다.

사악한 뱀

 잔치가 파했다. 도중에 먼저 간 다람쥐들도 있었고 우리 굴 다람쥐들도 굴로 돌아가야 했다. 그런데 아빠 다람쥐와 엄마 다람쥐는 끝까지 남아서 뒷정리를 하고 있었는데 촌장이 못생긴 다람쥐 딸내미와 손잡고 아빠 다람쥐 앞으로 와서 덕분에 잔치가 성황리에 끝났다나 뭐라나 말을 했다. 누군가 나를 보는 시선이 느껴졌다. 못생긴 다람쥐가 나를 보고 살며시 웃는 게 아닌가. 나는 식욕에 정나미까지 떨어졌다. 아우, 미쳐.

 엄마 다람쥐 보고 빨리 우리 굴로 가자고 했다. 촌장과 간단한 눈인사만 하고 우리 굴 다람쥐들은 빠르게 큰길로 나섰다. 걸음이 더뎌졌다. 아빠 다람쥐가 아기 다람쥐를 맡기며 말했다. 촌장 딸내미 다람쥐 어떠냐고!

 난 걸어가며 단칼에 거절했다. 이쁜 다람쥐랑 살 거라고. 엄마 다람쥐가 호호 웃었다. 엄마 다람쥐, 나도 보는 눈이 있다고요! 엄마 다람쥐에게 아기 다람쥐를 맡기며 앞서갔다. 주위 풀잎에 이슬이 맺히기 시작했다.

아빠 다람쥐가 화제를 바꾸어 늦었으니 지름길로 가잔다. 그리고는 사잇길로 나와 빠르게 우리 굴 쪽으로 가기 시작했다. 그 순간 아빠 다람쥐가 멈춰 서자 사악한 뱀이 입을 쩍 벌리고 나타났다. 아빠 다람쥐는 뒤로 넘어지고 아기 다람쥐는 앵 하고 울었다. 나도 놀랐는데 무의식적으로 작은 솔방울을 사악한 뱀 아가리에 던져 버렸다. 사악한 뱀은 입을 다물고 어쩔 줄 몰라 했다. 엄마 다람쥐와 난 각각 아기 다람쥐를 안고 나무 위로 올라가고 아빠 다람쥐는 우리 굴 쪽으로 달려 나갔다. 사악한 뱀은 솔방울을 입에 문 채 아빠 다람쥐를 쫓아갔다. 사악한 뱀이 사라지자 엄마 다람쥐와 나는 내려와 큰길로 달렸다. 한참 지나고 종종걸음 치면서 아빠 다람쥐가 걱정돼서 엄마 다람쥐에게 물었다. 그랬더니 엄마 다람쥐가 아빠 다람쥐는 달리기를 잘해서 걱정 안 해도 된다고 했다. 어찌됐든 엄마 다람쥐와 난 빠르게 우리 굴에 도착했다. 입구는 막혀 있었고 아빠 다람쥐를 부르며 초조해했다.

솔잎으로 막혀 있던 입구를 열고 이제 오냐며 아빠 다람쥐가 나오셨다. 그제야 긴장이 풀려 땅바닥에 주저앉았다. 굴 안으로 들어와 엄마 다람쥐는 아기 다람쥐들을 재우고 아빠 다람쥐와 난 입구를 솔잎과 흙으로 촘촘히 막고 나뭇가지로 또 한 번 막은 뒤에야 안심할 수 있었다.

그러나 아빠 다람쥐가 사악한 뱀에 쫓길 때 너무 빨리 뛰다가 굴러 왼쪽 발목에 상처를 입었다. 엄마 다람쥐가 쑥을 자근자근 물어 상처에 묶은 후 잠을 잘 수 있었다.

다음 날에 늦잠을 잤다. 엄마 다람쥐가 %^;:@,.♡#@?#~*%#♡@?!~% 뭐라 하셨는데 기억나지 않고 생각하기도 싫다. 그냥 나왔다. 정처 없이 도토리나무만 찾아서 갔다.

아빠 다람쥐가 거동이 불편하여 아기 다람쥐들을 돌보고 계셨다. 나도 뭔가는 해야 할 나이다. 굴을 간단히 파서 도토리를 여기저기 묻고 저녁이 되면 우리 굴로 들어갔다.

며칠이 지났다. 엄마 다람쥐가 걱정을 하셨다. 굴에 공간도 부족하고 도토리도 많이 필요하지 않을까 하셨다. 난 그때마다 도토리는 많이 있고 굴은 겨울에 파도 된다고 했다. 그리고 도토리를 아주아주 많이 가져다 나르기 시작했다.

가재 누나

   도토리를 구하다 목이 말라 개울에 도착했다. 여기저기에 물 마실 곳이 있나 둘러보니 작은 개울 아래에 연못이 있어 간단히 목을 축인 후 소나무 아래에서 쉬었다.

   그러면서 작은 돌을 연못에 던지며 놀았다. 옛날에 물 마실 때 가재 누나가 내 코를 꼬집던 생각이 난다. 잠시 후 가재 누나가 나타났다. 나는 몸집이 커졌고 가재 누나는 집게가 커졌다. 나무 아래에서 앞으로 겨울날 이야기를 서로 했다. 나는 굴을 파서 잘 거라고 했는데 가재 누나도 물속에서 땅을 파서 바위 아래에서 잘 거라고 했다. 가재 누나와 난 비슷한 점이 많았다. 근데 집게에 붙어 있는 말랑말랑한 것을 먹으면서 나보고 먹으라고 줬는데 징그러워서 안 먹었다. 내가 먹던 도토리를 주자 쓰다면서 가재 누나역시 안 먹었다.

   잠시 후 한 무리의 가재 아저씨들이 화난 표정으로 커다란 집게를 딱딱거리며 나를 잡으려고 나타났다.

나는 식겁해서 얼른 나무 위로 올라갔다.

 가재 아저씨들은 연못에 돌을 던지지 말라고 말하고 가재 누나한테는 쟤랑 놀지 말라며 물속으로 들어가 버렸다.

 그리고 우박이 내렸다. 난 더 있고 싶었지만 가재 누나는 곧 겨울이 온다며 얼른 가라 했다. 그렇게 가재 누나와 난 재미없게 헤어져 물속과 우리 굴로 들어갔다.

굴 파기

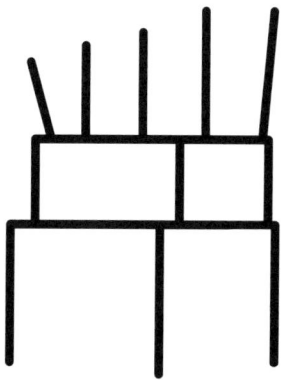

 아침에 일어나니 눈이 많이 와 밖에 나가지 못했다. 도토리를 먹으면서 아빠 다람쥐가 하시는 말씀은 오늘부터 굴을 넓고 길게 파자는 것이다.
 도토리 먹고 굴 파고 자고 지루한 일상이 시작되었다. 가끔은 잠만 잘 때도 있었다. 꿈까지 굴 파는 꿈을

꾸었다. 어렸을 때 굴을 판적이 있다. 나는 흙을 할아 버지 다람쥐와 함께 날랐다. 배가 고플 때쯤이면 할머니 다람쥐가 도토리를 한 움큼 가져오셨다. 다들 동그랗게 모여서 그때마다 맛있게 먹었는데 유독 할머니 다람쥐가 나에게만 쥐밤을 툭 던져 주셨다. 내가 이빨이 약해서 잘 못 먹으면 반으로 갈라 주시고 막 퍼먹으라고 하셨다. 그리곤 꼭 얼굴을 핥아 주었다. 흘리면서 먹지 말라며 말이다.

본격적으로 굴을 파기 시작했다. 아빠 다람쥐와 나는 앞에서 흙을 파고 아기 다람쥐들과 엄마 다람쥐는 흙을 날랐다.

그렇게 겨울 내내 굴만 파고 살았다.

칡

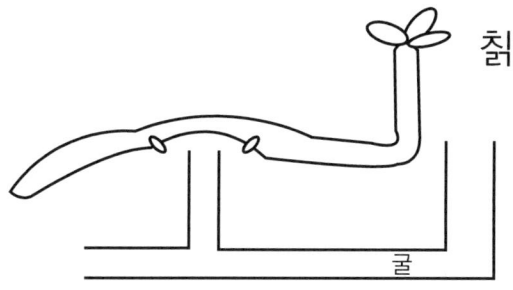

 며칠이 지났다. 굴 안은 의외로 따스하고 온화했다. 그래서인지 아기 다람쥐가 꼬마지[1]가 나서 엄마 다람쥐가 쑥을 자근자근 입에 물어 으깬 뒤 상처에 발라 주셨다.
 매일같이 굴 파는 일에만 매진하고 힘들면 쉬었다. 그리고 또 팠다.
 어느 날은 굴을 파다가 아빠 다람쥐가 쉬자고 해서 쉬러 가셨는데 난 계속 팠다. 오른손으로 파고 힘들면 왼손으로 파고 또 힘들면 앉아서 발가락으로 팠다. 내

---
1 뾰루지

가 아마도 아빠 다람쥐에게 배운 게 있다면 달리기와 흙 파는 것이라 생각된다.

 목이 마르면 벽에 붙어 있는 물을 쪽쪽 음미했고 그래도 목이 마르면 쟁여 둔 사철나무 잎을 입에 물고 굴을 팠다.

 겨울의 중반도 넘어설 무렵 세 번째 굴을 파기 시작했다. 근데 엄마 다람쥐가 걱정을 하신다. 도토리가 얼마 안 남아 어떻게 하냐고. 밖은 아직 눈이 쌓인 터라 못 나가지만 하는 수 없이 굴만 파기로 했다.

 굴을 파면 나무뿌리나 마, 복령을 발견하기도 하지만 별로 이득은 안 된다. 꿈에서 본 할아버지 다람쥐, 할머니 다람쥐의 덕이랄까 드디어 칡을 발견했다.

 우리 다람쥐들은 모두가 기뻤고 이젠 굴을 안 파도 되니 더더욱 기분이 좋았다. 겨우내 칡만 먹고 살았다.

 굶는 것보단 낫지, 아무렴.

눈이 녹다

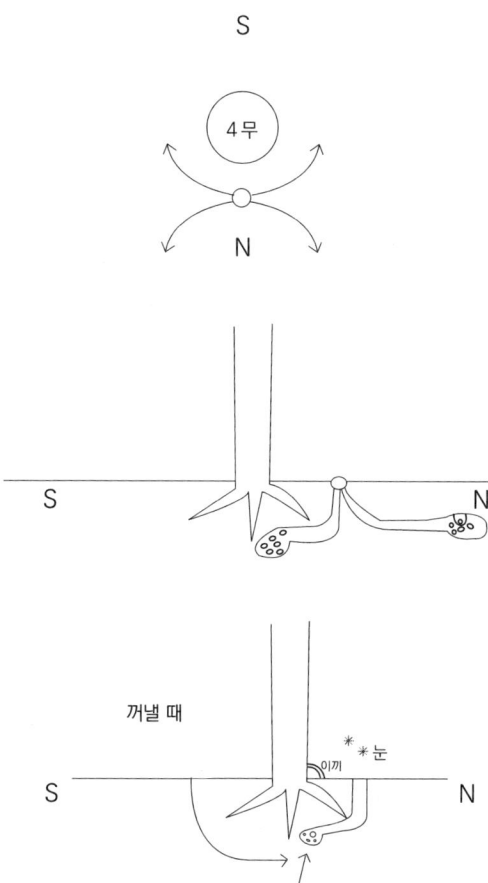

아침 일찍 아빠 다람쥐가 밖에 나갔다 오셨다. 그래서 나도 나가 보기로 했다.

드디어 밖으로 나왔다. 눈 반 낙엽 반이다. 숨겨 둔 도토리를 우리 굴로 나르기 시작했다. 역시 눈이 녹으니 모든 게 잘 풀리는 것 같다. 다른 다람쥐들이 도토리를 못 가져가게 나무 북쪽에다 파묻어 놨었다. 나무 북쪽은 아직 눈이 덮여 찾기도 어렵고 파기도 어렵기 때문이다.

근데 어느 날은 아빠 굴에서 아빠 다람쥐와 엄마 다람쥐가 언성이 높아진 느낌을 받았다. 난 그 이유를 직감했다. 아기 다람쥐들과 노는데 엄마 다람쥐가 이야기 좀 하잔다.

엄마 다람쥐가 너도 이젠 컸으니 이쁜 다람쥐를 만나야 한다며 많고 많은 다람쥐들 중에서 가장 착한 다람쥐를 만나라고 하신다. 내가 느끼기에는 굴을 나가라는 것이다. 난 알았다고 고개를 끄덕였다. 내일 나간다고 하니 그러라고 하셨다.

날이 밝고 도토리를 먹는데 분위기가 묘했다. 침울했다. 그래서 먼저 나왔다. 솔직히 나오면서 눈물을 훔쳤다.

그리곤 다람쥐 모두는 굴 밖으로 나왔다. 먼저 엄마 다람쥐에게 인사하니 눈망울이 촉촉하셨다. 아빠 다람쥐는 고개를 끄덕이며 대견해하셨다. 아기 다람쥐들은 작은 돌을 집었길래 한 대 쥐어박으려다 참았다. 귀여운 녀석들.

나는 휙 돌아서서 달리기 시작했다. 사철나무에 도착해 "꺄~이!"라고 소리 지르고 한 손을 번쩍 들어 흔들었다. 다람쥐 모두가 손 흔드는 것을 본 나는 달리기 시작했다.

그냥 달렸다.

산도 넘고 큰 개울도 훌쩍 가볍게 넘었다.

사철나무

 막상 우리 굴을 나와 달려 보니 사방이 눈이다. 갈 곳도 마땅치 않다. 배도 고프고 바람도 불어오니 춥고 떨리기 시작했다. 눈을 헤쳐 이끼를 뜯어 먹었다.
 소나무 아래에서 굴을 파기 시작했다. 잘 수 있을 만큼 굴을 파니 해가 지기 시작해 이끼를 한 줌 뜯고 입구를 솔잎으로 막고 잠을 청했다. 피곤해서 그런지 잠을 잘 잤다. 그리고 몇 날 며칠을 그렇게 살았다. 눈이 녹고 도토리를 줍기 전까지는 말이다.
 어느 날은 이끼를 구하려고 눈을 헤치고 있는데 멧돼지 무리가 나한테 오길래 가볍게 나무 위로 올라가 버렸다. 생각해 보니 아주아주 커다란 도토리나무라 하루 종일 나무 위에서 도토리만 먹다가 내가 판 굴로 왔다. 해가 지기 전 아빠 다람쥐가 계신 쪽을 바라보니 쓸쓸한 생각이 들었다.
 시간은 그렇게 흘러가고 있었다. 아주 가끔은 빨간 망개 열매를 따 먹었는데 달짝지근한 맛이 일품이라 많이 없어 아쉬웠다. 굴에서 커다란 도토리나무를 갔다가 오는 게 하루의 전부였다.

어느 날은 잠을 자는데 꿈인지 옛적 엄마 다람쥐의 말씀인지 구분이 안 간다. 아빠 다람쥐와 엄마 다람쥐가 젊을 때 떠돌다가 사철나무 아래에서 자고 일어났는데 해가 유난히 훤하게 비추는 곳이 있어 거기에 굴을 파기 시작했다는 것이다.

이쁜 다람쥐를 만나야 하는데 자꾸 엄마 다람쥐만 생각이 나 머리가 아팠다. 다음 날 커다란 도토리나무 위에서 도토리를 까먹는데 저 멀리에서 나는 매가 오길래 내려와 낙엽 아래로 숨었다. 살짝 낙엽을 드니 저 멀리 사철나무가 보이는 듯해서 무작정 달리기 시작했다. 큰 개울도 넘고 산도 넘어서 달렸다. 진짜로 사철나무가 보이기 시작했다.

두 가지 약속

 사철나무에 앞에 도착했다. 이미 해는 졌지만 사방이 다 보일 정도다. 그리움에 바로 사철나무에 올라 우리 굴을 바라보았다.

 우리 굴 앞에서는 아빠 다람쥐와 엄마 다람쥐가 도토리와 쥐밤을 가운데 놓고 아기 다람쥐들에게 나눠주고 있었다. 그 모습을 보고 눈물이 났다. 그래서 울었다.

 엉엉 울었다. 그리고 또 꺼이꺼이 울었다. 눈물이 앞을 가려 어지러웠다. 눈물을 훔치고 조용히 내려와 나무에 기대었다가 자려고 준비했다.

 이때 뭔가를 느낀 엄마 다람쥐는 쥐밤을 하나 물고 사철나무 쪽으로 달려왔다.

 사철나무 아래에서 낙엽을 폭신하게 깔고 덮어 누워 별을 보았다. 별을 보니 어렸을 적 할아버지 다람쥐의 별 이야기가 생각난다. 옛날에 아주아주 옛날에 아기 다람쥐 일곱을 둔 혼자된 다람쥐가 이쁜 다람쥐와 결혼을 하자 첫째와 둘째 아기 다람쥐만 반대하여 국자 모양의 일곱 개의 별이 되었다는 이야기다. 그런데 갑자기 바스락 낙엽 밟는 소리가 난다. 소리 나는 쪽을 보니 엄마 다람쥐가 서서 쥐밤을 나에게로 툭 던진다. 나는 무의식적으로 쥐밤을 두 손으로 잡으며 공손하게 앉았다. 엄마 다람쥐가 하시는 말씀은 오늘은 여기서 자고 아침 일찍 떠나라는 것이다. 그러시면서 얼굴을 핥아 주셨다. 이쁜 다람쥐를 만나고, 보고 싶으면 언제든지 오라는 것이다. 나는 죄진 것처럼 말없이 고개를 끄덕였다. 그리고는 고개를 푹 숙였다. 다시 고개를 드니 엄마 다람쥐는 안 계셔 사철나무에 얼른 올라가 보니 아빠 다람쥐와 아기 다람쥐 가까이 가셨다. 조금 후에 아빠 다람쥐가 이쪽을 보시더니 아기 다람쥐들을 데리고 굴로 들어가신다.

이젠 눈물도 안 난다. 속이 시원해지는 느낌이다.

내일은 일찍 일어나서 이 마을을 떠나야겠다는 생각이 든다.

다른 마을

 아침이다. 쥐밤을 안고 잤었는데 눈을 떠 보니 없어 이리저리 찾아도 안 보였다. 낙엽을 다 걷으니 그제야 쥐밤이 보였다. 앉아서 쥐밤을 맛있게 먹었다. 그냥 떠날까 하다가 낙엽은 치우고 쥐밤 껍질은 사철나무 아래에 두고 떠나기로 했다.
 그냥 달렸다. 그냥 달리고 싶었다.
 한참을 달리니 개울도 나온다. 목이 마르고 가재 누나도 보고 싶었지만 그냥 달렸다. 지렁이 친구한테 간다는 말도 없이 산도 넘고 달려 내가 임시로 팠던 굴로 왔다.
 눈도 녹아서 개울물이 불어났다. 시간이 많이 지났다. 새싹이 잎이 되고 열매를 맺기 시작했다.
 이쁜 다람쥐를 만나기 위해서는 다른 마을에 가 볼 생각이다.
 굴을 무너뜨리고 산도 넘고 달려서 다른 마을에 도착했다. 참으로 많은 다양하고 색다른 다람쥐들이 살고 있었다. 늙은 다람쥐, 아기 다람쥐, 장사하는 다람쥐, 촌장 다람쥐, 똘마니 다람쥐, 사기 치는 다람쥐, 절룩 다람쥐, 눈먼 다람쥐, 착한 다람쥐 등등 내가 살던 마을과는 비교할 수 없을 정도로 많은 다람쥐들이 살고 있었다. 마을 한편에 흐르는 개울물을 마시고 한숨 쉬고 생각하니 마을은 그저 마을일 뿐 내가 살아갈 곳은 마을에서 좀 떨어진 곳으로 정해야 하겠다는 생각이 들었다. 그러나 며칠 후 마을 곳곳에 뭐가 있나 무슨 생각들을 하고 사나 궁금해서 마을 중심부로 다시 갔다. 놀음하는 다람쥐들 옆에서 구경도 하고 몇 날 며칠을 그렇게 지내고 있었다. 내가 이상하게 느끼는 건 게으른 다람쥐들은 사기와 놀음을 좋아하는 것 같고 부지런한 다람쥐들은 주로 마을 외곽에 사는 것 같았다.

앞이 안 보이는 눈먼 다람쥐는 도토리 하나에 늙은 다람쥐를 따라갔다가 며칠 만에 나타나 사기를 당했다며 하소연하지만 누구하나 거들떠도 보는 다람쥐들은 없었다.

여기서는 이쁜 다람쥐를 찾을 수가 없어서 도토리나 무가 많은 마을 외곽을 둘러볼 참이다.

버섯 바위

 마을에서 소풍 가기 좋은 곳으로 가서 며칠 머물 작정으로 나왔다. 큰 계곡에 작은 개울도 있다. 바위도 많고 칡넝쿨이 나보다 더 큰 울창한 숲이다.
 으름 줄기도 사방으로 널려 있었다. 바위 위로 으름 줄기와 칡넝쿨이 함께 있는 경우도 있었고 나무에 칭칭 감아 올라간 경우도 있었다.
 근데 요상한 바위가 있다. 앞에는 호두나무가 있고 뒤에는 큰 소나무가 있어 가까이 가 보니 버섯처럼 생긴 바위다. 어떻게 올라갈까 생각하다 소나무에 오른 다음 가지로 펄쩍 뛰어 바위 위로 올라갔다. 바위 위는 넓고 한쪽은 이끼도 있고 물도 고여 있어 혼자 놀기에 딱 좋다. 물론 뱀이 오르기도 어렵고 칡이나 으름 줄기도 없이 탁 트인 경치가 정말 좋아 굳이 굴을 안 파도 지내기 좋은 바위다.

  그날부터 난 낙엽을 깔고 잤다. 시간 나는 대로 쥐밤만 따로 잔뜩 모아 놓고 낙엽을 덮어 놓았다.

새로운 친구들

 숲 여기저기를 신나게 달렸다. 먹을 게 뭐가 있나 해서다. 산삼도 보이고 송이도 보인다. 더덕은 지천이다. 지나다 보니 사슴이 가시덤불 사이로 더덕 잎을 어렵게 뜯어 먹고 있었다. 이야기해 보니 동갑이라 친구 하기로 했다. 그래서 가시를 피해서 나무에 칭칭 감겨 있는 더덕 줄기를 어렵게 걷어 주고 난 뿌리만 먹었다. 뿌리가 작아 금방 먹었는데 더덕 잎만 먹는 사슴 친구는 한참을 먹더니 배부르다고 했다. 며칠 후에 다시 사슴을 만났는데 배고프다고 해서 이번에는 난 도토리를 사슴은 도토리 잎을 먹고 헤어졌다.

 얼마 후 앞에서 청설모 아저씨가 아기 청설모를 업고 안고 어렵게 지나가길래 어디 가냐고 물으니 호두나무를 찾아다닌다고 했다. 그래서 버섯 바위 위치를 알려 주고 찾아가라 했다. 그러더니 어서 이쁜 다람쥐 만나서 행복하게 살라고 한다.

 엄마 다람쥐 말씀이 생각났다. 그래서 더덕 몇 뿌리

를 캐서 마을 상점에 갔다. 장신구 상점인데 그야말로 없는 게 없다. 목걸이, 팔찌, 빛이 영롱한 반지, 심지어 발찌까지 있었다. 주인이 몸이 불편한 절룩 다람쥐다. 내가 목걸이에 관심을 보이자 칡 줄기와 조개껍데기로 갈아 만든 별 모양의 목걸이를 추천한다. 마음에 들었다. 더덕 다섯 개를 주고 샀다. 목걸이를 하니 마음에 안정감이 왔다. 이쁜 다람쥐에게 줄 반지는 소라고둥으로 만들어져 송이 다섯 개나 산삼 한 뿌리라고 한다.

이쁜 다람쥐

 우리 굴과 내가 판 굴 사이 어디쯤에 이쁜 다람쥐가 엄마 다람쥐와 아빠 다람쥐 셋이 행복하게 살고 있었는데 이쁜 다람쥐의 아빠 다람쥐가 멧돼지 떼로 인한 사고로 둘만 남게 되었다. 그 후 이쁜 다람쥐의 엄마 다람쥐가 새로운 다람쥐를 만나 굴에서 같이 살게 되었다. 새로운 다람쥐는 이쁜 다람쥐를 아끼고 사랑하여 도토리도 먼저 주고 얼굴도 핥아 주었다. 그사이 쌍둥이 다람쥐도 태어났다.

 다 큰 이쁜 다람쥐가 먹을 것을 구할 줄 알자 엄마 다람쥐가 나가라고 했고, 이쁜 다람쥐는 같이 살자고 했지만 엄마 다람쥐는 막무가내로 쫓아냈다. 돌까지 던져서 뒤통수에 피까지 났다. 그 후 이쁜 다람쥐는 오랫동안 머리를 묶고 다녔다.

 여기저기 먹을 것을 찾아 떠돌기 시작했다. 떠돌면서 오히려 몸은 말라 가고 있었다. 그러던 도중 무슨 사연이 있든 간에 호두나무 아래에서 호두를 까먹기 시작했다.

이때 나는 소나무를 통해서 버섯 바위에 올라가려고
풀숲을 헤치니 죽은 뱀 새끼가 있어 가지고 올라갔다.

사랑을 속삭이다

 버섯 바위에 올라 누워서 따듯한 가을 햇살이 비추는 오후 고즈넉한 시간에 멍 때리고 있었다. 그런데 바위 아래에서 탁탁 탁탁탁 하는 소리가 들려 약간은 짜증이 조금 밀려왔다.
 그래서 아래를 보니 웬 말라깽이 다람쥐가 호두를 까먹고 있는 게 아닌가.
 조금 있다가 다시 탁탁 탁탁탁 소리가 나서 자세히

보니 얼굴은 주먹만 하고 눈은 동그랗고 속눈썹은 아주아주 길고 목은 하얗고 가슴은 있는 듯 없는 듯 하며 허리는 개미허리 같고 엉덩이는 탱글탱글한 것이 영락없는 이쁜 다람쥐다.

말이라도 걸어 볼 겸 "어이, 조용히 좀 해!"라고 하니 거들떠보지도 않고 볼에 호두를 가득 넣고 오물오물 이쁘게 먹기만 하는 게 아닌가.

호두나무 위에서는 청설모 아저씨가 호두를 따며 가끔은 아래로 툭툭 던져 주는 게 얄밉기도 하지만 아기 청설모들이 호두를 먹는 모습을 보니 귀여워서 그 모습만 보고 있었다. 그런데 아직도 아래에서 탁탁 탁탁 탁 소리가 들려 이쁜 다람쥐를 놀려 주고 싶은 마음이 들었다. 그래서 올라올 때 가져온 뱀 새끼를 들고 살금살금 조용히 내려가서 이쁜 다람쥐 목에다 살짝 걸어 주었다. 그랬더니 뱀 대가리와 이쁜 다람쥐가 뽀뽀를 하며 이쁜 다람쥐 "키약!" 경악을 하며 쏜살같이 호두나무를 올라가기 시작했다. 나무 중간까지 아등바등 올라갈 때 보니 오줌까지 지리며 부르르 떨고 있었다. 난 그 모습이 어찌나 우습던지 깔깔깔 소리 내어 웃었다. 호두나무 위에서는 청설모 아저씨가 이 광경을 보시더만 사이좋게 지내라며 호두를 바닥에 몇 개 버섯 바위에 몇 개 던져 놓고 아기 청설모들과 어디론가 떠나갔다.

나는 버섯 바위에 올라가 호두를 까먹으면서 있었고 호두나무 중간에 있는 이쁜 다람쥐를 보니 이쁜 다람쥐는 내가 어떻게 저 바위에 올라갔을까 깊게 생각 중이었다. 결국 이쁜 다람쥐는 호두나무를 내려와 소나무에 올라가 나뭇가지로 오더니 펄쩍 뛰어 버섯 바위에 무사히 안착했다.

호두를 까먹는 나에게로 가까이 와서 동그란 눈이 아닌 도끼눈 하며 노려보기 시작했다. 나는 신경 안 쓰고 호두를 계속 까먹고 있었다. 잠시 후 옆구리가 간지러워 고개를 드니 이쁜 다람쥐가 간지럼을 태우기 시작했다. 강도가 세져 쿡쿡 찌르기도 하고 꼬집기도 하고 손가락을 꽉 물기도 했다. 내가 "아야!" 했더니 @?^/%~@%#;.?%;.@♡~%♡ 식식대며 뭐라 했는데 기억은 안 난다. 하도 가려워서 말이다. 나는 도망 다니며 호두 먹기에 열중했는데 그럴 때마다 쫓아와서 뭐라 해 가며 계속 옆구리를 쿡쿡 찌르거나 간지럽게 했다. 이건 분명 이쁜 다람쥐가 내가 미운 게 아니라 배고파서 그런가 하는 생각이 들어 낙엽 아래서 쥐밤을 줬다. 그랬더니 경이로운 눈빛으로 쥐밤을 보기 시작했다. 어렸을 때 나도 배가 고프면 엄마 다람쥐에게 가서 옆구리에 간질간질하게 한 생각이 떠올랐다.

아니나 다를까 이쁜 다람쥐는 쥐밤을 신나게 먹기 시작했다. 다 먹으면 또 쥐밤을 줬다. 누가 뺏어 갈까 봐 뒤돌아서 먹기 시작했다. 나는 쥐밤을 들고 있다가 다 먹으면 또 줬다. 이쁜 다람쥐가 쥐밤을 먹는 모습이 이쁘고 사랑스럽게 느껴져 쥐밤을 잔뜩 가져다 놓고 먹는 대로 하나씩 주기 시작했다.

그것도 옆으로 누워서 말이다. 그 순간 이쁜 다람쥐의 뒤통수를 살펴보니 일자형의 상처 자국이 보였다. 내 손이 닿는 느낌이 들자 이쁜 다람쥐는 고개를 돌려 도끼눈 하며 노려보기 시작했다. 난 안 그런 척하며 먼 산을 보기 시작했다. 생각해 보니 난 그 이유를 알고도 남음이다. 다람쥐들은 집에서 쫓겨날 때 돌멩이로 얻어맞기 때문이다.

잠시 후 쥐밤을 다 먹은 이쁜 다람쥐가 옆구리를 간질대기 시작했다. 난 귀찮아서 바닥에 있는 쥐밤을 밀며 다 먹으라 했다. 그러니 이쁜 다람쥐가 방긋 웃으며 말없이 먹기만 한다. 배가 많이 고팠나 보다. 나는 팔베개를 하며 쥐밤을 먹는 이쁜 다람쥐를 보니 이쁜 다람쥐와 같이 살고 싶은 생각이 들었다. 그래서 일어나 앉으며 죽은 뱀 새끼를 목에 건거 죄송하다고 진심으로 정중하게 사과했다. 이쁜 다람쥐는 쥐밤을 먹으며 괜찮다고 했다. 이쁜 다람쥐는 쥐밤을 집는 척 내 뒤로 가더니 내 꼬랑지를 꽉 물었다. 난 "아야!" 소리도 못 내 보고 그대로 기절했다.

그때부터 난 꿈을 꾸고 있었던 것 같다. 멍석말이하듯이 내가 떼굴떼굴 구르는 느낌이 들었다. 그리고 폭신한 낙엽 위에 얹혀 있고 잠시 후 큰 낙엽으로 온몸이 감싸져 따스하게 느껴져 코를 골며 잠이 든 것 같다. 누군가 옆에서 같이 자는 것 같은 느낌이 들었지만 누군지는 모르겠다.

꿈에 엄마 다람쥐가 쥐밤을 주며 이쁜 다람쥐 만나라며 얼굴을 핥아 주던 생각이 아주 선명하게 느껴져 나도 모르게 방긋 웃었다. 그럴 때마다 키득키득 웃는 소리가 들린다. 아침 햇살이 내 눈만을 비추고 고소한 향기도 나길래 눈을 떠 보니 바로 옆에 이쁜 다람쥐가 쥐밤을 먹다가 내 얼굴을 핥아 주는 게 아닌가.

  나는 스르르 일어났다. 이끼 위에 낙엽을 깔고 나를 덮은 게 이쁜 다람쥐란 것을 알았다. 쥐밤을 먹고 있던 이쁜 다람쥐가 방긋 웃으며 괜찮냐고 물어본다. 괜찮다고 하자 뒤로 와서 내 꼬랑지를 좌악 당기듯 만진다. 이때의 고통은 알면서 당하는 느낌이다. "으악!" 이번엔 소리 내며 아팠다. 그러자 이쁜 다람쥐가 다시는 장난치지 말라고 한다. 난 알았다며 머리를 긁적거린다. 그러자 이쁜 다람쥐가 쥐밤을 먹으라고 준다. 이쁜 다람쥐와 난 쥐밤을 먹기 시작했다. 사이좋게 말이다. 그러자 이쁜 다람쥐가 내 얼굴을 핥아 주는 게 아닌가 그래서 뭐 나도 이쁜 다람쥐의 얼굴을 핥아 주었다. 그리고는 서로 방긋방긋 웃으며 쥐밤을 먹었다. 내가 이상하게 느끼는 건 나는 한 번만 핥아 주었는데 이쁜 다람쥐는 꼭 두 번씩 핥아 주었다.

  우리는 그렇게 친구 하기로 했다.

  드디어 나에게도 짝꿍이 생겼다.

얼굴 핥기

 버섯 바위에서 내려온 후 우리 둘은 시원하게 달리기를 했다. 산도 넘고 개울도 넘고 마을도 같이 빠르게 지나갔다. 다른 다람쥐들이 보기에는 후다닥 뭐가 지나갔나 할 정도로 신나게 달렸다. 작은 포강에 사는 가재도 구경시켜 주었다. 물 마실 때 가재가 코를 물어 장난친다고 알려 주기도 했다. 배고프면 도토리를 따다가 같이 앉아서 먹었다. 가끔은 도라지도 캐 먹고 둥굴레도 캐 먹었다. 겨울만 아니면 산에는 먹을 게 정말 많다.

 나는 이쁜 다람쥐를 데리고 산에서 나는 먹을 수 있는 모든 것을 먹으러 다녔다. 뿌리 종류, 잎사귀 종류, 꽃잎 종류, 열매 종류…. 계절별로 먹을 게 참 다양하다. 산에서 나는 열매 종류 중에서 유일하게 독이 있는 쪽 나무에서 열리는 쪽은 먹으면 안 된다.

 진달래꽃이 활짝 피면 아예 낙엽을 깔고 살았다. 개복숭아 같은 경우는 하나만 따도 배부르게 먹을 수가 있다. 버찌는 많이 먹으면 입술과 이빨이 검게 된다. 산딸기는 너무 맛있어서 다람쥐들 간에 경쟁이 치열하다.

하루는 산 보리수를 같이 가서 먹었다. 이쁜 다람쥐는 시큼시큼한 것이 맛있다고 했다. 배부르게 먹고 나니 이쁜 다람쥐의 입술이 빨갛게 물들어 더 이뻐졌다. 그래서 얼굴을 핥아 주었다. 그랬더니 이쁜 다람쥐도 나에게 얼굴을 핥아 주었다. 그러더니 **뽀뽀도 했다.** 이쁘다고 하니 결국에는 나를 덮쳤다.

재회

 하루는 망개 열매만 따 먹었다. 내가 가시를 피해 두 손으로 망개나무를 잡고 뛰어 내리면 이쁜 다람쥐가 열매를 따고 다 따면 내가 손을 놓아 줄기가 획 하고 소리를 내며 올라갔다.
 그렇게 시간이 흘러갔다.
 어느 날 바위만 있는 너덜에 놀러 가기로 했다. 너덜에 가면 의외로 먹을 게 많아서다. 개암, 으름, 산초, 개복숭아, 바위틈 사이로 흐르는 시원한 물 등등 많다. 가져온 둥굴레를 같이 앉아서 먹는데 이쁜 다람쥐의 배가 살짝 오른 것을 보니 혹시나 해서 아기냐고 묻자 고개를 말없이 끄덕인다. 나도 말없이 바위에 올라 "꺄~이!" 하고 양팔 벌려 소리쳤다.
 그런데 어느 날은 배도 고프고 해서 중간 크기의 도토리나무 밑으로 갔다. 먼저 간 나는 아기 다람쥐 둘을 만났다. 바닥에는 도토리가 많이 떨어져 있었다. 아기 다람쥐들은 도토리는 자기들 거니까 먹지 말라고 했다. 나는 먹는 게 임자라고 하고 몇 개를 먹었다. 그러자 아기 다람쥐들은 앵하고 울어 버렸다. 조금 후에 아기 다람쥐의 엄마 다람쥐가 나타나더니 내가 땄으니 내 거니까 여기서 나가 달라는 것이었다. 이쁜 다람쥐가 도착하자 엄마 다람쥐와 이쁜 다람쥐가 눈을 가까이 대며 눈에 촉촉함이 있는 것을 느꼈다. 이쁜 다람쥐가 자기 엄마 다람쥐란다. 나는 놀라고 당황스럽기도 하고 해서 꾸벅 인사를 했다. 이쁜 다람쥐와 엄마 다람쥐는 작은 바위에 올라앉아서 이야기했다. 엄마 다람쥐의 새로운 다람쥐는 이쁜 다람쥐가 나가서 날마다 소나무에 올라가 그리워하다 그만 나는 매가 채갔다고 한다.

나는 아기 다람쥐들에게 도토리를 까 주며 권하니 삐진 것 같다. 아니, 어이없어하는 것 같았다. 그래서 도토리나무에 올라가 도토리를 남김없이 다 따서 바닥에 떨구었다. 바닥에 떨어진 도토리를 착착착 산더미처럼 쌓아 놓으니 아기 다람쥐들이 그제야 씩 웃었다.

이쁜 다람쥐와 난 며칠간 같이 도와주고 있었다. 굴도 더 깊게 파 주고 도토리도 많이 날라다 파묻어 줬다. 맛있는 각종 산열매와 송이버섯도 따 왔다.

내 굴 파기

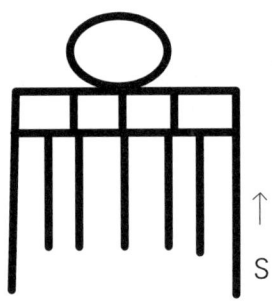

 이쁜 다람쥐와 상의해서 그만 떠돌아다니고 우리들만의 굴을 파자고 했다. 굴은 내가 잘 파니 나 혼자 파도 된다고 했다. 장소는 마을에서 좀 떨어진 햇빛이 잘 드는 곳으로 정했다. 물론 옆에 큰 도토리나무도 있다.
 아침부터 저녁까지 굴 파는 일에만 매진했다. 나와 이쁜 다람쥐와 앞으로 태어날 아기 다람쥐를 생각하니 땀이 나도 전혀 힘들지 않았다. 사실 굴 파는 데 필요한 것은 끈기와 열정만 있음 된다. 내가 굴 파는 동안

이쁜 다람쥐는 도토리를 가져왔다. 흙을 파면 그걸 둥글게 만들어서 밖으로 굴려서 나왔다. 사실 걱정은 돌만 안 만나면 며칠이면 안전하고 넓은 굴을 팔 수 있다.

며칠 만에 안전한 굴을 다 팠다. 뱀이 들어와도 헷갈릴 정도로 안전한 굴이다.

굴이 완성되자 이쁜 다람쥐는 입이 귀에 걸릴 듯 기뻐했다. 도토리는 천지 사방에 있어서 겨울만 아니면 굳이 안 파도 되지만 이쁜 다람쥐를 위해 굴을 완성했다.

눈 찌르기

내가 판 굴

굴이 완성되자 나와 이쁜 다람쥐는 도토리를 부지런히 물어다 내가 판 굴 안쪽 땅속에 파묻기 시작했다. 겨울과 비가 오는 날에 대비해서다.

그러나 이쁜 다람쥐와 살면서 마냥 좋은 일만 있는 건 아니었다. 늦은 가을 이쁜 다람쥐는 무리하게 도토리를 많이 가져 오다가 여러 겹의 낙엽에 헛디며 몇 번 구른 다음에 아기 다람쥐를 유산하고 혼자 울고 있었다. 같이 손잡고 울기도 했지만 바뀌는 건 아무것도 없었다. 그 후로 이쁜 다람쥐는 굴에서 쉬고 나 혼자 도토리를 아주 많이 가져다 날랐다. 이쁜 다람쥐와 난 고통을 잊기 위해 잠만 잤다. 할 수 있는 게 아무것도 없었다. 하늘에서 내리는 눈은 다람쥐들에게 쉬거나 잠자라는 게 아닐까 생각한다.

그래서 겨울도 났다.

봄도 났다.

늦은 여름이다.

아기 다람쥐가 생긴 건 알았지만 내색은 안 했고 "꺄~이!"라고 말을 할 수가 없었다. 그러나 가끔은 이쁜 다람쥐의 아랫배를 살짝 만지며 좋아 했다. 그때마다 이쁜 다람쥐는 내 손가락을 무는 시늉을 했다.

이쁜 다람쥐와 난 밤하늘을 보며 우리의 별은 어디일까 궁금해했다. 나는 아직 태어나지 않은 아기 다람쥐의 별은 남쪽 하늘에 있을까 북쪽 하늘에 있을까 궁금해했다.

그런데 비가 오기 시작하는데 몇 날 며칠 동안 계속 내렸다. 산이 무너질 정도로 비가 많이 왔다. 다행히도 내가 판 굴은 경사지게 파서 빗물이 안 들어왔다. 비

오는 동안 나와 이쁜 다람쥐는 칡 줄기로 아기 다람쥐가 가지고 놀 장난감을 만들었다.

비가 그쳤지만 나가지 않고 장난감 만들기만 했다. 도토리나무에는 아직 빗물이 남아 있기 때문이다. 그날 저녁에 이쁜 다람쥐는 시고 달콤한 것이 먹고 싶다고 했다. 산 보리수를 먹고 싶다는 것이다. 그래서 난 내일 햇빛이 들면 따다 주겠노라고 했다. 이쁜 다람쥐는 달을 가리키며 달도 빛이 있다고 말한다. 나는 밤에는 뱀도 나오고 칡 캐는 무서운 멧돼지도 있고 날아다니는 매도 있다고 했다. 그런데 이쁜 다람쥐는 다른 동물들은 밤에는 잔다며 가까이 오라는 말도 없이 내 눈을 푸욱 찔렀다. 찔린 눈에 손을 대고 "아야!" 하며 아프다고 했다. 눈물도 찔끔 흘렸다. 눈을 뜨니 앞이 안 보였다. 그리고 아픈 눈을 비비니까 눈에 뭐가 묻었나 손톱을 대고 보니 피가 살짝 묻어 있었다. "피, 피야! 피!"라며 이쁜 다람쥐에게 보여 줬다. 이쁜 다람쥐는 아랫배를 가리키며 아기 다람쥐가 시고 달콤한 것이 먹고 싶다고 한다. '그래, 내가 졌다.'라고 생각하고 망태기를 메고 거의 날아가는 수준으로 산 보리수나무를 향해 갔다. 물론 가면서 풀잎이나 나뭇잎을 착착착 피해 갔다. 가시를 피해 가며 조심스럽게 망태기에 산 보리수를 다 채운 다음 내가 판 굴로 왔다.

 이쁜 다람쥐는 산 보리수를 먹으면서 상큼하고 맛있다고 했다. 나는 온몸이 젖어 쑥으로 물기를 닦고 있었다. 이쁜 다람쥐가 산 보리수를 같이 먹자고 했다. 같이 맛있게 먹으면서 생각하니 산 보리수를 내가 가장 좋아하는 산열매인지 알고 그런 걸까 의문이 든다.

책임감

  비가 오는 것에 대비해 더 많은 도토리가 필요했다. 출산에 대비해 쑥도 많이 뜯어야 한다. 아기 다람쥐가 태어나면 가지고 놀 장난감도 필요하다.

  시간이 나면 칡 줄기를 뜯어다 이빨로 쭉 째서 얼기설기 엮어 도토리를 담을 수 있는 망태기도 더 만들었다.

  이쁜 다람쥐와 나 둘만 있을 때보다 지금부터는 의무적으로 뭔가는 계속 해야 한다는 느낌이 든다.

  기존에는 이동하면서 먹을 것을 이쁜 다람쥐와 구했다면 앞으로는 혼자서 감내해 나가야 한다고 생각이 든다. 내가 우리 굴에서 나와 혼자서 모든 것을 책임지고 행동한 것처럼 나 없으면 어떻게 하나 걱정도 앞선다.

  마지막으로 쑥과 낙엽을 내가 판 굴 안에 많이 가져다 놓았다. 물론 이쁜 다람쥐 먹으라고 더덕과 도라지도 놓고 도토리는 일일이 까 놓았다.

아기 다람쥐

아침에 일찍 일어나서 굴을 나올 때 보니 이쁜 다람쥐의 배가 이상하리만큼 커졌다. 도토리를 따면서 온통 이쁜 다람쥐만 생각했다. 도토리 몇 개만 가지고 얼른 우리 굴로 오는데 주위 다람쥐 아주머니들이 아기 다람쥐가 나올 것 같다며 빨리 가 보라고 한다.

우리 굴에 막상 들어가 보니 완전 난장판이었다. 각종 물건을 이리저리 막 집어던지고 있었다. 이쁜 다람쥐와 내가 아기 다람쥐를 위해 나름 이것저것 준비를 했건만 이쁜 다람쥐가 하는 말이 나 어떻게 하냐고 한다. 거야, 나도 모르지 하고 이야기했다가는 눈을 찌르고도 남을 기세다. 그래서 아기 다람쥐 받을 분을 데려오겠노라고 이야기한 다음에 적당히 정리하고 나왔다.

주위 다람쥐 아주머니에게 부탁을 하니 거절한다. 막상 이런 경험이 닥쳐오니 앞이 캄캄해 안 보였다. 정신이 없다. 그때 생각나는 분이 시장에서 장사하시던 상냥하고 인심 좋은 절룩 다람쥐가 생각이 났다. 마을까지 빠르게 달려가 마침 장사를 하시던 절룩 다람쥐를 만났다. 자초지종을 이야기하니 거절한다. 이유인즉 초산은 죽을 경우가 많다는 것이고 이럴 경우 받던 다람쥐를 아빠 다람쥐가 물어 죽인다는 것이다. 그리고 보상도 적다는 것이다. 나는 무릎을 꿇고 그러지 않겠다고 맹세하고 굴을 파 주고 도토리도 많이 묻어 주겠다고 또 맹세했다. 절룩 다람쥐는 알았는데 다리가 불편하다고 했다. 그래서 내가 업고 뛰기 시작했다.

절룩 다람쥐가 들어간 지 한참이 되었는데 아직도 이쁜 다람쥐는 %^;♡/@%♡^♡/:*♡ 뭐라고 하는 것 같은데 기억은 안 난다. 잠시 후 적막이 흘렸다. 그러더니 절룩 다람쥐가 나와서 순산했다고 들어오라고 한다. 굴에 들어가니 이쁜 다람쥐가 아기 다람쥐를 배위에 올려놓고 몸을 핥아 주고 있었다. 입과 코를 핥아 주니 푸우푸우 작은 소리를 낸다. 눈도 핥아 주니 동그랗게 눈을 뜨고 귀도 바짝 선다. 그리곤 "치~치~"라고 말하는 것 같았는데 뒤집어서 놓으니 찌찌를 먹기 시작했다.

나는 "꺄~이!"라고 소리쳤다. 눈물도 주르륵 흘렸다.

답례

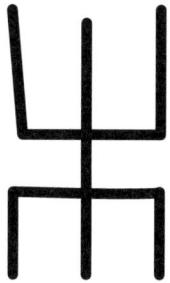

다음 날 아침에 일찍 일어났다.

이쁜 다람쥐가 먹을 도토리를 까 놓고 자고 있는 아기 다람쥐를 살짝 보기만 하고 나왔다. 절룩 다람쥐가 알려 준 곳에 굴을 파기 시작했다. 마을 시장에서 그리 멀지는 않았다. 신나게 파기 시작했다. 혼자 사는 절룩 다람쥐를 위해서 아주 열심히 팠다. 그리고 이쁘게 팠다. 저녁이 되면 피곤해서 이쁜 다람쥐와 아기 다람쥐를 잠깐 보고 곯아떨어졌다. 삼지창 모양으로 넉넉하게 며칠 만에 팠다. 약속대로 도토리도 두 무더기나 꽉 꽉 채워 넣어 주었다. 필요하면 도토리를 더 가져다주고 아기 다람쥐 받아 준 거 감사하다고 공손하게 인사하고 나왔다.

초토화

아기 다람쥐에게 장난감을 사 주든지 아니면 혹시 필요한 물건이 없나 해서 마을에 갔다.

막상 도착해 보니 웬일인지 마을은 초토화 되어 있었다. 보이는 다람쥐에게 물어보니 얼마 전 멧돼지 떼가 지나갔다는 것이다. 많은 다람쥐들이 뿔뿔이 흩어지고 늙은 다람쥐, 눈먼 다람쥐, 아기 다람쥐 등등만 남아 있었다. 그중에 착한 다람쥐가 가끔은 도토리를 가져와 마을 다람쥐들에게 나누어 준다고 했다.

촌장은 멧돼지 떼가 지나간 다음 어디론가 사라졌다고 한다. 촌장이 자기는 어려운 다람쥐들 많이 도와준다고 자랑하더니만 멧돼지 떼 이후 사라지고 없는걸 보니 세상에 잘난 다람쥐는 없는 것 같다. 쓸 만한 물건도 없고 해서 우리 굴로 가려는 찰나 착한 다람쥐가 붙잡는다. 마을 다람쥐들은 어떻게 하냐고 묻는다. 내일부터는 나도 도토리를 가져다가 놓겠다고 하니 나보고 촌장을 하란다. 촌장은 너라며 사양하고 우리 굴로 왔다.

토끼 아줌마

 우리 굴로 와서 생각하니 책임감이 하나 더 늘어나는 기분이다. 내일부터는 도토리를 우리 굴로 가져오고 몇 개는 마을에 가져다줘야겠다고 이쁜 다람쥐와 상의하니 그렇게 하자고 했다.
 다음 날 아침부터 도토리를 부지런히 우리 굴과 마을로 날랐다.
 며칠이 지났다. 우리 셋은 소풍을 가기로 했다. 버섯바위로 말이다. 근데 막상 도착해 보니 비가 와서 바위 아래에서 조촐한 먹거리를 펴 두고 먹기 시작했다. 도토리와 버섯으로 맛있게 먹었다. 비가 그쳤지만 바위가 미끄러워 바위 밑에 계속 있기로 했다.
 바위 앞에는 지렁이 친구들도 지나가고 개미 무리들도 지나다녔다. 비에 흠뻑 맞은 토끼 아줌마랑 아기 토끼가 우리 곁으로 와서는 같이 쉬고자 왔다. 토끼 아줌마는 오들오들 떨고 있는 아기 토끼를 꼭 끌어안고 있었다. 나는 후딱 가서 송이버섯을 캐왔다. 이쁜 다람쥐는 목이버섯을 몇 개 따서 바닥에 놓고 다 같이 먹기 시작했다. 아기 토끼는 아무것도 안 먹어 송이를 찢어 주자 조금 먹더니 그제야 기운이 나는 모양이다. 토끼 아줌마는 고맙다며 도토리나무와 밤나무가 어디 많이 있는지 알려 주었다. 아기 토끼와 아기 다람쥐는 여기저기를 둘러보며 재미나게 놀았다. 조금 있으니 토끼 아저씨가 칡도 캐 와 나눠 먹었다.

  아기 다람쥐가 이쁜 다람쥐를 잘 따르고 이쁜 다람쥐를 간지럽게 하는 모습을 보니 나도 엄마 다람쥐가 보고 싶었다.

만감

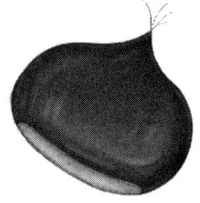

왕밤

다음 날 이쁜 다람쥐에게 엄마 다람쥐와 아빠 다람쥐를 보러 가자고 하니 쭈뼛쭈뼛한다. 엄마 다람쥐는 아마도 나보다는 아기 다람쥐와 이쁜 다람쥐를 보고 싶을 거라고 이야기하니 그러겠노라고 대답한다.

나는 아기 다람쥐를 업고 이쁜 다람쥐와 달리기를 시작했다. 달리면서 아기 다람쥐는 처음 보는 세상이 신기하고 경이롭게 느껴 천진난만하게 깔깔깔 웃고 떠든다. 나나 다른 다람쥐들은 아기 다람쥐가 잘못하면 용서 안 하겠지만 유일무이하게 아기 다람쥐를 용서해 주실 분들을 만나러 가는지 알기나 하는 것일까 생각한다. 가는 곳은 사철나무에서 훤히 보이는, 내가 태어나 자랐던 엄마 다람쥐와 아빠 다람쥐가 계신 곳이다. 산도 넘고 개울도 넘고 땀이 나면 개울에 가서 목도 축이고 이쁜 다람쥐가 아기 다람쥐를 업고 뛰기도 해서 사철나무 앞에 도착했다. 잠시 숨을 고르고 천천히 셋은 걸어서 굴 앞에 도착하여 "꺄~이!"라고 소리쳤다.

그러자 아빠 다람쥐와 엄마 다람쥐가 나오셔서 인사하고 굴 안으로 들어갔다.

아빠 다람쥐와 엄마 다람쥐는 흰머리가 늘었다. 나는 만감이 교차해 바라만 보다 이쁜 다람쥐 만나서 행복하게 잘 지내고 있다고 했다. 그리고 아기 다람쥐를 안겨 드렸다. 그러자 아빠 다람쥐와 엄마 다람쥐가 왕밤을 가운데로 꺼내 놓고 이야기를 하신다.

아기 다람쥐는 왕밤에 엎드려 놀면서 치~ 치~ 하거나 깔깔 소리를 내며 웃는다. 내가 다리에 살짝 힘을 주면 빙글빙글 돌아 아기 다람쥐는 까르륵 웃자 모두들 호호 웃었다.

둘째 다람쥐는 이쁜 다람쥐를 만나 가까운 곳에 굴을 파고 산다고 하신다. 아빠 굴에 자주 오고 가끔은 도토리도 가지고 온단다.

막내 다람쥐는 얼마 전에 왔었는데 저 멀리 바다 지렁이와 친구하며 논단다.

아기 다람쥐가 배고프다고 하자 우리 모두는 왕밤을 까서 먹기 시작했다. 근데 이쁜 다람쥐는 배가 고팠는지 밤을 얼굴에 묻혀 가며 마구마구 퍼 먹었다. 그러자 옆에 계시던 엄마 다람쥐가 이쁜 다람쥐의 얼굴을 살짝 핥아 주었다. 이쁜 다람쥐는 방긋 웃는다. 나도 호호 웃고 아빠 다람쥐는 아기 다람쥐를 안고 밤을 조금씩 먹였다.

나와 이쁜 다람쥐는 하룻밤 자고 앞으로는 자주 오겠노라고 인사하고 내가 판 굴로 돌아왔다.

절룩 다람쥐

　마을에 가기로 했다. 가 보니 착한 다람쥐가 촌장이 되어 마을 분위기가 북적북적했다. 활기찬 모습을 보니 나도 기분이 좋았다. 멀리 착한 다람쥐가 있길래 아는 척했더니 아주 쌩하고 가 버린다. 주의 똘마니 다람쥐들이 "누구세요."라며 가로막는다. 나 참, 어이가 없고 정나미가 떨어져 바로 우리 굴로 오려다 절룩 다람쥐 생각이 나 절룩 다람쥐 굴에 들어가 보려고 했다. 그때, "누구세요?"라며 굴 입구를 가로막으며 젊은 신혼 다람쥐들이 말했다. 이런저런 이야기를 들어 보니 삼지창 굴을 얼마 전에 샀다는 것이다. 절룩 다람쥐가 이사를 간 이유는 모른다고 했다. 오늘은 참 이상한 날이다. 내 이름이 '누구세요'는 아닌데 말이다.

그나저나 절룩 다람쥐에게 무슨 일이 생긴 건지 한편으로는 걱정이 앞섰다.

내가 판 굴 쪽으로 가다가 큰 바위 밑을 지나가는데 "다람쥐 아빠!"라고 낯익은 목소리가 들려왔다. 위를 쳐다보니 절룩 다람쥐가 반갑게 웃으며 오라고 손짓한다.

바위에 오르자 절룩 다람쥐가 이사 간 이유가 무엇인지 단번에 직감했다. 여러 다람쥐들과 놀음을 하고 있었다. 먼저 절룩 다람쥐가 친절하게 물어본다. 아기 다람쥐 잘 크냐고, 이쁘냐고 자꾸 물어본다. 한쪽으로 와서 이런저런 이야기를 했다. 상점도 날려 먹고 삼지창 굴도 날리고 그 많은 도토리도 깡그리 날려 먹고 그러면서 자꾸 아기 다람쥐 잘 있냐고 웃으면서 이야기한다. 이건 분명 도토리를 더 달라는 뜻이다.

오늘 무슨 날인가 보다.

도토리 다섯 개에 상수리 한 개, 상수리 두 개에 쥐밤 한 개의 값어치가 있는 쥐밤을 한 움큼 놀음하는 절룩 다람쥐에게 가져다줬다. 그랬더니 절룩 다람쥐는 헤벌레한다. 건강하시라고 인사드리고 바위를 내려오는데 늙은 다람쥐가 "누구세요?"라고 절룩 다람쥐에게 물어본다.

아이, 내가 미쳐!

가는데 절룩 다람쥐가 아기 다람쥐 보고 싶다고 한다. 언제 한번 안고 오라고 한다. 가다가 하늘을 보듯 위를 쳐다보니 웃으며 가라고 손을 저은 다음 앉아서 놀음을 계속 한다.

굳은 표정으로 우리 굴에 와서 아기 다람쥐를 안아보니 마음은 그나마 평온해진다.

이쁜 다람쥐가 무슨 일 있었냐고 물어 그간 일을 말하니 다시는 만나지 말고 어려운 다람쥐들 잘 알아보고 도와주자고 한다.

행복의 시작

행복은 성과에서 오는 것 같다. 성과를 중간에서 가로채는 가증스러움을 맛보니 씁쓸하기만 하다. 앞으로는 마을에 늙은 다람쥐나 눈먼 다람쥐에게는 도토리를 안 가져다주고 아기 다람쥐들에게만 도토리를 가져다주기로 했다. 착한 다람쥐가 뭐라 해도 나의 신념은 확고해 졌다.

마을 시장에 뭐가 있나 둘러보다가 오랜만에 다람쥐 누나를 만났다. 가까운 도토리나무 아래에서 이야기했다. 굴에서 나와 잘난 다람쥐를 만나 살았는데 알고 보니 사기 치는 다람쥐여서 헤어졌다는 것이다. 굴도 없이 떠돌아다닌다고 했다. 다람쥐 누나를 내가 판 굴로 데려오면 이쁜 다람쥐가 나를 바로 물어 죽일 것 같고 해서 굴을 파 줄 것을 제안하니 거절한다. 마음껏 세상을 구경하는 게 좋다고 한다. 언제 한번 내가 판 굴에 아기 다람쥐 보러 오라고 하곤 자리를 떴다.

오는 길에 놀음 바위가 보여 절룩 다람쥐가 생각이

났다. 바위에 올라가 보니 절룩 다람쥐는 없었다. 놀음하는 다람쥐들은 내가 온 줄도 모르는 것 같다. 배도 고프고 해서 가까운 도토리나무에서 도토리를 많이 따다가 놀음 바위가 보이는 작은 바위 위에서 도토리를 까먹으면서 구경하고 있었다. 잠시 후 절룩 다람쥐가 나뭇잎에 물을 힘들게 길어 오고 있었다. 그리곤 놀음 바위 위를 솔잎으로 청소도 했다. 그제야 놀음하는 다람쥐들에게서 도토리 하나를 얻어먹는다.

이쁜 아기 다람쥐를 받아 준 저 절룩 다람쥐를 생각하니 쥐밤은 이쁜 다람쥐에게 가져다줘야 하고 굴을 파 줄까 도토리를 왕창 가져다줄까 아님 둘 다 해 줄까 고민이다.

오늘따라 도토리가 쓰다.

시간아 이대로 멈추어라

 이쁜 다람쥐와 난 정말 행복하게 살았다. 아기 다람쥐가 뛰어다니기 시작하자 행복은 더해진 것 같다. 산 보리수를 따 오면 아기 다람쥐도 잘 먹어 이쁜 다람쥐와 서로 먹으려고 다투기까지 했다.
 뽕나무 열매인 오디는 아기 다람쥐가 무척이나 좋아했다. 이유는 모르겠지만 입술과 이빨이 검게 될 때까지 먹어도 또 달라고 졸랐다.
 어느 날은 셋이서 토끼풀 동산에 놀러갔다. 토끼 친구들이 먼저 와서 놀고 있었다. 우리 셋은 사방팔방 신나게 뛰어놀았다. 그러다가 난 팔베개를 하고 하늘을 보며 시간이 멈추었으면 하고 생각했다. 이쁜 다람쥐는 아기 다람쥐와 아직도 뛰어놀고 있었다. 그러다가 아기 다람쥐가 넘어져 나뭇가지에 왼쪽 눈 위가 약간 긁혀 피가 살짝 나고 울었다. 하지만 이쁜 다람쥐가 눈 위를 핥아 주며 괜찮다고 하자 아기 다람쥐는 이내 울음을 그쳤다. 흉터는 평생 남겠지만 이제 흉터 덕분에 아기 다람쥐를 쉽게 찾을 수 있어서 그나마 다행이라 생각했다.

　난 토끼풀꽃을 길게 뜯어서 줄기를 반으로 나누어 꽃을 이쁜 다람쥐 머리에 얹고 목에다 묶어 주었더니 나 이쁘냐고 물어본다. 안 이쁘다고 했더니 날 덮칠 기세다.

　난 누워서 행복에 젖어 잠깐 꿈을 꾸었다. 내가 쥐밤을 먹는데 이쁜 다람쥐가 눈을 동그랗게 뜨고 입술은 웃는 듯했는데 이상하게 옆구리가 간질간질한 게 아닌가. 그래서 '여기가 버섯 바위 위엔가?' 하고 눈을 떠 주위를 보니 여전히 토끼풀 동산이라 이상하게 생각했다. 그런데 아직도 간질간질해서 옆을 보니 이쁜 다람쥐와 아기 다람쥐가 강아지풀을 뜯어다 내 옆구리를 간질대고 있었다. "야아!"라고 소리치자 둘은 신나게 도망가 버렸다. 잠시 후 저 멀리 토끼풀 동산 너머에서 아기 다람쥐를 하늘로 던지며 놀아 주고 있는 이쁜 다람쥐에게 산딸기를 한 줌 들어 보이며 같이 먹자고 했다. 이쁜 다람쥐는 올까 말까 고민하는 눈치였다. 나는 산딸기를 흔든 다음 맛있게 먹었다. 그제야 이쁜 다람쥐는 아기 다람쥐에게 "산딸기를 아빠 다람쥐가 다 먹기 전에 얼른 가자!"라고 하며 등에 메고 달려와 나한테 의리가 있네 없네 한다. 나는 이쁜 다람쥐와 아기 다람쥐가 산딸기를 마구마구 퍼먹으라고 가까이 놓고 바라만 봤다. 누가 뺏어 가지도 않는데 양손으로 퍼먹기에 바빠 보였다.

나는 보기만 해도 배가 불렀다.

이쁜 다람쥐는 약초에 대해서는 나보다 더 많이 알았다. 내가 어디 아프거나 다치면 이쁜 다람쥐는 약초를 구해 왔다. 그 약초를 하룻밤 물고 자기만 하면 그 다음 날은 반드시 나아 신기해하며 쳐다보기만 했다. 나는 먹는 꽃이 아니라면 꽃은 별로라 생각하는데 아기 다람쥐와 이쁜 다람쥐는 꽃을 좋아했고 그중에서도 해당화를 무척이나 좋아했다. 나 몰래 해당화를 보러 가기도 했다.

지금 만족하는 것은 아기 다람쥐가 잔병 없이 커 주고 있어 더 바랄 것이 없다.

어린 다람쥐

 아기 다람쥐가 어린 다람쥐로 성장했다. 제법 달리기도 잘하고 나무도 잘 탔다. 이제 굴만 잘 파면 혼자서도 잘 살아가리라 생각이 든다.
 어린 다람쥐와 난 굴 밖을 나오면 항상 같이 다녔다. 행여 못된 다람쥐들을 만날까 봐 내 시야 안에 뒀다.
 산에서 혼자 살아가기 위해서는 필요한 두 가지 조건만 충족하면 됐다.
 첫째는 달리기다. 빨리 달리는 것도 중요하지만 앞에 나무나 억새풀을 피하면서 달리는 게 중요하다.
 둘째는 굴 파기다. 이유는 잠을 자고 먹을 것을 보관하기 위함이다.
 난 어린 다람쥐에게 위 두 가지를 집중적으로 알려주려고 노력했다. 아주 가끔은 이쁜 다람쥐를 따라가 약초 캐는 법도 배웠다.
 그렇게 시간은 흘러갔다.
 어느 가을날 도토리를 따는데 비가 와서 일찍 굴로

돌아왔다. 근데 이상한 느낌을 받았다. 시끌벅적해야 할 굴 안은 조용했다. 이쁜 다람쥐에게 어린 다람쥐가 어디 갔냐고 묻자, 이쁜 다람쥐는 어린 다람쥐가 아랫굴에 놀러 갔다고 했다.

근데 저녁 먹을 시간이 됐는데도 어린 다람쥐는 안 오고 다음 날 점심때가 되어서야 왔다. 나는 혼을 내고 싶었는데 이쁜 다람쥐가 말렸다. 이유인즉, 아랫굴 다람쥐 부부에겐 세 마리의 딸내미 다람쥐가 있는데 셋 다 모두 어린 다람쥐를 좋아하여 아랫굴 다람쥐들이 어린 다람쥐를 좋아한다는 것이다.

이때 아무 일도 없겠지 하고 넘어간 일이 평생에 한이 될 줄은 꿈에도 상상 못 했다.

청년 다람쥐

 어린 다람쥐가 청년 다람쥐가 되었다. 어엿한 아들 다람쥐였다. 그렇게 생각하는 이유는 덩치가 나보다 약간 더 크고 달리기와 굴 파는 것도 제법 나쁘지는 않기 때문이다. 아들 다람쥐는 굴을 나가면 열흘에 한 번 잠깐 들렀다가 다시 나간다. 굴에 올 때는 꼭 이쁜 다람쥐가 좋아하는 먹을 것만 물어 온다. 그래서 나는 이쁜 다람쥐와 상의해서 아들 다람쥐가 굴에서 나가 이쁘고 착한 다람쥐를 만나서 굴을 파고 살았으면 했다.

 어느 가을날 저녁에 이쁜 다람쥐는 아들 다람쥐에게 굴을 나가 이쁘고 착한 다람쥐를 만나 행복하게 살라고 했다. 그러나 아들 다람쥐는 울면서 셋이 영원히 행복하게 살자고 애원했다. 이쁜 다람쥐는 아들 다람쥐에게 뽀뽀도 해 주고 얼굴도 핥아 주며 부드러운 어투로 이야기했다. 아들 다람쥐가 그래도 안 나간다고 하자 이쁜 다람쥐의 목소리가 점점 단호해졌다. 아들 다람쥐가 어쩔 수 없이 열흘 후에 나간다고 하자 이쁜 다람쥐는 아들 다람쥐를 한 번 안아 주고 내 옆으로 와서 눈물을 조금 훔치고는 잠에 들었다.

열흘 후가 되었다. 아침 일찍 도토리를 먹는데 먹는 둥 마는 둥 기분이 묘했다. 아들 다람쥐는 도토리를 집고만 있지 먹지는 않고 아침 먹는 시간 내내 고개를 푹 숙이고 있었다. 아들 다람쥐가 먼저 아무 말 없이 굴 밖으로 나갔다. 나와 이쁜 다람쥐는 바로 굴 밖으로 따라 나왔다. 아들 다람쥐는 나와 이쁜 다람쥐에게 건강하시라고 했다. 이쁜 다람쥐는 말없이 눈망울만 촉촉하게 하고 아들 다람쥐를 쳐다봤다. 나는 내가 판 굴에 자주 오라고 했다. 아들 다람쥐는 양팔을 들어 "꺄~이!" 하고는 달려 나갔다. 나와 이쁜 다람쥐는 아들 다람쥐가 안 보일 때까지 한참을 서서 바라만 봤다.

이슬비가 내리자 굴 안에 들어와 누워 아들 다람쥐가 건강하기만을 생각하다 잠에 들었다.

잠들기 전 생각해 보니 이쁜 다람쥐는 아들 다람쥐가 떠난 후 눈이 퉁퉁 부어 있었다. 사실은 나도 마음이 착잡했다.

잠에서 깨어 보니 저녁이다. 이쁜 다람쥐가 저녁을 먹으라고 했다. 도토리 몇 개를 먹는데 어슴푸레 저 멀리서 아들 다람쥐가 "꺄~이!" 하는 소리가 들린다. 놀라서 이쁜 다람쥐와 난 굴을 나와 보니 얼마 안 되어 일곱 귀여운 다람쥐들이 왼손을 어깨 높이로 들어 올리면서 흔들고 이쁘게 "꺄~이!" 한다. 어떤 귀여운 다람쥐는 양손을 입 가까이 대고 이쁘게 "꺄~이!" 했다.

이쁜 다람쥐와 내가 걱정스런 모습으로 바라보니 아들 다람쥐와 일곱 귀여운 다람쥐들이 히죽히죽 웃으며 어디론가 사라졌다.

잘 살아야 할 텐데 기대 반 걱정 반이다.

일곱 아기 다람쥐

 아들 다람쥐가 그렇게 떠나고 해도 바뀌었다. 그리고 초여름쯤 되었을 것이다. 그날도 아침 일찍 일어나서 굴을 나왔다. 그런데 내가 판 굴 입구 낙엽 위에 모르는 아기 다람쥐가 울고 있었다. 옆에는 어떤 까칠한 다람쥐가 나를 째려보고 있었다. 자세히 보니 그때 아들 다람쥐와 같이 있던 일곱 귀여운 다람쥐 중 하나였다. 곧이어 이쁜 다람쥐가 나와 어떤 상황인지 궁금해했다. 까칠한 다람쥐는 "네 손자니까 잘 키워!"라고 한다. 나와 이쁜 다람쥐는 당황했다. 내가 아기 다람쥐를 안으려 하자 이쁜 다람쥐가 못 안게 하고는 까칠한 다람쥐와 설전을 하게 되었다. 이쁜 다람쥐는 "네 아들이니까 네가 키워라."라며 설전을 이어 갔다. 나는 이러지도 저러지도 못하고 있었다.

 목소리가 커지면 커질수록 아기 다람쥐의 울음소리도 더 커졌다. 나는 아기 다람쥐가 불쌍해서 아기 다람쥐를 안고는 까칠한 다람쥐와 이쁜 다람쥐에게 그만하라고 했다. 그러자 이쁜 다람쥐는 옆구리를 꼬집으며 그걸 왜 안느냐고 한다.

나는 할 말이 없었다. 그리곤 까칠한 다람쥐에게 가끔 오라며 아기 다람쥐를 안고 굴로 들어왔다. 그리고 아기 다람쥐를 깨끗하게 닦아 주고 먹을 것을 주기 시작하자 이쁜 다람쥐도 처음에는 화가 많이 났지만 아기 다람쥐를 안고는 먹을 것을 주기 시작했다.

그렇게 해서 첫째 아기 다람쥐가 생겼다.

며칠 있다가 "꺄~이!" 하는 소리가 들려 굴을 나가 보니 착한 다람쥐가 아기 다람쥐를 안고는 엉엉 울고 있었다. 착한 다람쥐도 일곱 귀여운 다람쥐들 중 하나였다. 착한 다람쥐는 내가 판 굴로 들어와서 같이 살고자 왔다고 했다. 이쁜 다람쥐와 난 상의 끝에 굴은 넓으니 잘 키워 보라고 했다. 착한 다람쥐는 젊을 때의 이쁜 다람쥐처럼 빼빼 말라 안쓰러워 밤새도록 먹을 과일을 잔뜩 가져다 놓고 잠을 잤으나 다음 날 아침 착한 다람쥐는 도망가고 아기 다람쥐만 있었다. 이쁜 다람쥐와 난 속상하게 생각했지만 어쩔 수 없었다.

그렇게 해서 둘째 아기 다람쥐가 생겼다.

며칠이 지났다. 아침이었다. 나는 아침에 "꺄~이!" 하는 소리를 듣고 두려움과 떨림을 안고 숲을 헤매고 있었다. 아니, 찾아다니기 시작했다. 혹시나 했던 게 맞았다. 소나무 아래에서 어떤 다정한 다람쥐가 아기 다람쥐를 안고 찌찌를 먹이고 있었다. 다정한 다람쥐는 나를 보더니만 방긋방긋 웃었다.

설마 하며 그냥 지나쳤다. 문득 생각해 보니 이쁜 다람쥐가 아기 다람쥐를 함부로 안지 말라며 옆구리를 꼬집으며 말했던 기억이 났다. 생각만 해도 옆구리가 아팠다. 얼마 후 "꺄~이!" 소리가 들려 뒤돌아 가 보니 다정한 다람쥐는 없고 아기 다람쥐만 망개잎 위에서 깔깔거리며 웃고 있었다. 주위를 아무리 둘러봐도 아무도 없었다. 내가 할 수 있는 일이라곤 아기 다람쥐를 안고 굴로 가는 것밖에 없었다. 굴에 들어오니 이쁜 다람쥐가 옆구리를 꼬집었지만 아프다고 말을 할 수도 없었다. 그래도 나는 이쁜 다람쥐에게 아기 다람쥐를 들어 보이며 눈치를 줬다.

그렇게 해서 셋째 아기 다람쥐가 생겼다.

다행히 아기 다람쥐들은 항상 밝게 웃어 그나마 위안이 되었다. 아무리 우리의 손자라고 하더라도 아기 다람쥐들의 엄마들이 이유 없이 아기 다람쥐를 맡기는 걸 알기에 마음이 착잡했다.
그 후 비슷한 사건들로 넷째, 다섯째, 여섯째 다람쥐가 굴에서 같이 살게 되었다.

며칠이 또 지났다.
아침을 먹고 나와 이쁜 다람쥐와 간단히 산책을 하고 있었다. 그때 저만치 언덕 위 어디선가 "꺄~이!" 하는 소리가 들렸다. 그것도 여러 번이나, 누군가를 부르는 듯했다.
나와 이쁜 다람쥐는 언덕 위로 올라갔다. 언덕 위에는 아주 큰 우엉잎이 있었는데 어떤 못난 다람쥐가 우엉잎 위에 아기 다람쥐를 툭 던져 버리고 먼지 털듯이 양손을 엇갈리게 친 다음 보란 듯이 양 손등을 허리춤에 대고 "얏!" 한 다음 양손을 들어 주먹을 꽉 쥔 다음 각각의 엄지손가락을 펴서 볼에 붙이고 네 손가락은 위아래로 흔들고 또 혀를 쭈욱 내밀고 얼굴을 앞으로 살짝 내밀면서 고개를 좌측으로 기우는 듯 우측으로 기우는 듯 했다. 이때 나는 오른손 주먹을 쥔 다음 엄지손가락을 쭈욱 펴고 오른쪽 볼에 붙이고 네 손가락은 위아래로 흔들면서 혀를 쭈욱 내밀려고 생각만 했었다.

이쁜 다람쥐를 바라보니 이쁜 다람쥐의 눈에는 살기가 띠었다. 저 못난 다람쥐를 물어 죽일 기세였다. 못난 다람쥐는 도망가기 시작했다. 나는 아기 다람쥐를 보호하기 위해 우엉잎 쪽으로 다가갔고, 이쁜 다람쥐는 도망치는 못난 다람쥐를 계속 쫓았다.

나는 울고 있는 아기 다람쥐를 안고 달래며 내가 판 굴로 들어왔다. 아기 다람쥐를 깨끗하게 닦아 주니 울음도 그치고 조금 있다가 먹을 것을 주니 깔깔 웃기까지 했다. 쥐밤은 역시 사랑인가 생각된다. 옆에 있던 아기 다람쥐들도 재잘거리며 먹기 바빠 보였다.

저녁이 되자 이쁜 다람쥐가 털레털레 힘없는 모습으로 굴에 들어왔다. 온몸에는 쐐기풀이 잔뜩 묻어 따갑지 않나 걱정도 됐지만 물어볼 수가 없었다. 이쁜 다람쥐는 그대로 맨 끝 굴에 들어가서 밤새도록 엉엉 울었다. 며칠 후 이쁜 다람쥐는 내게 "울다가 옆을 보니 아들 다람쥐가 어렸을 적 가지고 놀던 곰인형, 개구리 껍질 같은 장난감들이 있어서 흐르는 눈물을 참을 수가 없었어."라고 말했다. 그렇게 울다 보니 어느새 새벽이 되었단다. 이쁜 다람쥐는 새벽에 잠깐 눈을 붙이고 현실을 자각했는지 나를 깨워 아기 다람쥐들 생각에 먹을 것을 준비하자고 했다.

그렇고 그렇게 해서 일곱 아기 다람쥐가 생겼다.
나와 이쁜 다람쥐는 행복이 다시 시작되는 것 같기도 하고 인생을 다시 시작하는 것 같았다.
굴 안은 항상 웃음소리와 울음소리, 재잘거리는 소리로 넘쳐 났다.
아기 다람쥐들을 보살피느라 낮인지 밤인지도 분간을 할 수 없었다.

그렇게 바쁘게 살았다.
그렇게 시간은 흘러갔다.
이쁜 다람쥐는 먹을 게 부족하다 했지만 나는 고개를 이리저리 흔들었다. 그러면서 산에는 먹을 게 많다고 애써 태연한 척했다.
멀리 떠난 아들 다람쥐는 잊고 있었다. 아니, 생각할 겨를이 없었다.
나나 이쁜 다람쥐는 별이 될 때까지 아들 다람쥐의 소식을 들을 수 없었다. 바쁘기도 했지만 나도 늙어 가고 있었기 때문이다.

나를 밟고 가라

 장마철이 왔다. 며칠 동안 먹을 것을 구하지 못해 신경이 쓰이던 찰나에 이쁜 다람쥐가 이번에는 비도 많이 오는데 같이 가서 열매든 약초든 많이 가져와 아기 다람쥐들에게 줘야 한다고 했다.
 첫째 다람쥐와 둘째 다람쥐에게 동생들 잘 보고 밖에 나가면 안 된다고 단단히 이른 후 이쁜 다람쥐와 난 망태기를 하나씩 메고 아침 일찍 굴을 나섰다. 큰비가 그치고 이슬비가 내렸지만 그대로 먹을 수 있는 건 뭐든지 구하고 다녔다. 난 주로 나무 열매를, 이쁜 다람쥐는 약초를 캐거나 뜯어 망태기에 담기 시작했다. 물론 우리만 그런 게 아니라 마을의 많은 다람쥐들이 먹을 것을 구하고 다녔다. 그러던 중 저 멀리 검은 먹구름이 몰려오기에 아무래도 이상해서 이쁜 다람쥐를 불러 긴급하게 굴을 파기 시작했다. 어느 정도 굴을 파니 그나마 안정을 찾을 수 있었다. 내 불안이 적중했다. 아니나 다를까 비는 장대비로 바뀌더니 굴이 무너질 정도로 비가 무섭게 내렸다. 그동안 내렸던 비와 지금의 비가 합해서 시냇물이 넘쳐흐르고 긴급하게 판 굴이 무너져 가고 있었다. 나는 굴을 더 파서 바위 밑까지 판 뒤 지쳐 주저앉았다. 잠시 숨을 고르니 비는 그쳤지만 흐르는 시냇물은 더 불어나 굴을 완전히 쓸고 나갔다. 이쁜 다람쥐와 난 폭포수 중간 바위 아래에 있음을 깨달았다. 이때 마을 다람쥐들은 모두 폭포수 아래로 떠내려갔다. 다행히 죽은 다람쥐들은 없었지만 다시는 돌아오지 않고 폭포수 아래에서 마을을 이루고 살았다.

 이쁜 다람쥐는 어떻게 하냐고 발을 동동 굴렀지만 올라가기도 어렵고 그렇다고 내려가기도 난감한 상황이 되었다. 해는 기울기 시작했지만 뾰족한 대안이 없었다. 아기 다람쥐들을 생각하니 앞이 캄캄했다. 뛰어내려 폭포수 아래로 간다면 산을 넘고 강을 건너야 해서 굴로 돌아가는 데 시간이 오래 걸렸다. 아기 다람쥐들 생각에 그건 포기하고 어떻게 하면 올라갈 수 있을지 궁리만 했다. 산의 날씨는 변화무쌍하여 바람이 불기 시작했다. 바람에 폭포수가 생겨 이쁜 다람쥐를 적

시기에 공포가 몰려왔다. 그러나 조금 있으니 나뭇가지에 걸린 칡 줄기가 내 앞에 대롱대롱 매달려 해를 가렸다 보였다 했다. 희망이 공포를 몰아냈다. 이쁜 다람쥐와 난 어떻게 해야 할지 계획이 섰다. 그러나 칡 줄기가 너무 높아 잡을 수는 없어 고민에 빠졌다. 둘 중 하나는 망태기를 풀어 저 칡 줄기를 잡자고 했으나 이쁜 다람쥐는 망태기 속 먹을 것을 아기 다람쥐들에게 가져다줘야 한다면서 반대했다. 그래서 하는 수 없이 굴을 더 파서 나무뿌리와 잡초를 엮어 올가미를 만든 다음 칡 줄기를 잡았다. 잠시 쉰 후 내가 망태기를 메고 먼저 올라가기 시작했고 뒤이어 이쁜 다람쥐도 따라 오르기 시작했다. 팔 할 정도 오르니 칡 줄기 잡을 힘밖에 없어서 잠시 쉬자고 하니 이쁜 다람쥐가 계속 가라고 재촉한다. 더는 힘이 없어 이쁜 다람쥐에게 망태기를 버리자고 하니 안 된다며 째려본다. 그럼 나를 밟고 올라가라 하고 조금 쉬었다. 이쁜 다람쥐가 내 등 뒤로 오르기 시작해 한 손으로는 이쁜 다람쥐의 몸을 밀어 올렸다. 나뭇가지에 올라간 이쁜 다람쥐는 잠시 쉰 후에 새로운 칡 줄기를 내렸다. 그래서 망태기부터

올리고 가볍게 가지에 올라왔다. 숨을 헐떡이며 있는 내가 안쓰러웠는지 등을 두드리며 "수고했어."라고 말한다. 이쁜 다람쥐와 난 장대하게 펼쳐진 물줄기를 보며 안도의 한숨을 내쉬었다. 이쁜 다람쥐는 나를 위해 캤다며 당귀를 쭉 찢어서 준다. 우린 그렇게 쉰 후에 나무에서 내려와 신나게 달렸다. 아기 다람쥐들을 얼른 보고 싶었다. 행복이란 노력해서 얻는 게 아닐까 하는 생각이 든다.

굴에 들어갔더니 완전 난리가 났다. 아기 다람쥐들은 몇 개 안 남은 도토리를 가지고 서로가 먹겠다고 아웅다웅하고 있었다.

이쁜 다람쥐는 호호 웃으면서 약초를 말리러 안으로 갔다. 내가 메고 있던 망태기를 내려놓으니 아기 다람쥐들이 우르르 몰려온다. 개복숭아 몇 개로 배불리 먹였다. 나머지는 두고두고 먹기로 하고 아기 다람쥐들을 하나둘씩 재우고 나왔다. 나와 이쁜 다람쥐는 누워서 앞으로의 계획을 세우다가 너무 피곤했는지 골아떨어져서 기억은 없다.

시간이 흘러 다음 해 가을이 됐다. 가을은 모든 게 풍족한 것 같다. 노력한 만큼 거둬들일 수 있다. 첫째와 둘째 다람쥐는 어느덧 어린 다람쥐 티가 나서 도토리 가져오는 법을 알려 주고자 굴 밖에서 데리고 다녔다. 도토리는 따는 방법과 줍는 방법, 두 가지 방법이 있는데 일단은 주워서 이쁜 다람쥐에게 가져다주라고 했다. 그러면 이쁜 다람쥐는 착한 다람쥐라고 얼굴을 핥아 주었다. 밤도 마찬가지이지만 버섯은 아는 만큼만 캐라고 했다.

어느 날이었다. 여느 때와 같이 첫째, 둘째 다람쥐와 도토리를 줍고 있었다. 가을이라 바빠 죽겠는데 이쁜 다람쥐가 헐레벌떡 뛰어왔다.

"일곱째 다람쥐가 이상해!"

희생

 이쁜 다람쥐와 굴 안으로 들어왔다.
 일곱째 다람쥐가 있는 곳으로 가 보니 척 봐도 이상함을 느꼈다. 낙엽 위에 누워 있는 다람쥐는 분명 일곱째 아기 다람쥐였는데, 계속해서 "나 죽어! 죽기 싫어!" 이런 말을 하며 아파하고 있었다. 내가 먼저 죽고 아기인 일곱째 다람쥐가 더 오래 살아야 하는 것이 세상의 이치이거늘, 이렇게까지 아파하는 모습을 보니 놀람과 동시에 너무나 슬프고 분노까지 치밀어 올랐다. 일곱째 다람쥐를 안고 맨 끝 굴로 가서 낙엽 위에 놓고 자세히 보니 털은 이미 누렇게 변화되어 있었고 꼬리까지도 변하기 시작했다. 나는 무슨 문제가 있었던 건지 굴 안팎을 둘러보기로 했다. 밖은 문제가 없었고 굴 안을 살펴보던 중 도토리를 묻어 둔 곳에서 물이 살짝 고여 있는 것을 발견했다. 썩은 도토리를 주워 먹은 게 잘못되었나 싶었다. 그래서 그곳에 있던 도토리는 모두 내다 버렸고 이제 남은 것은 일곱째 다람쥐를 살리는 일뿐이다.

　마음도 몸도 바쁘기 시작했다. 처음 겪는 일이라 당황했지만 이쁜 다람쥐에게 모든 것을 맡기기로 했다. 수단과 방법을 가리지 말고 일곱째 다람쥐만 생각하여 갖은 약초로 낫게끔만 하라고 했다. 그 외 일은 모두 내가 책임진다고 했다. 이쁜 다람쥐가 바쁘게 며칠을 굴 안팎을 들락날락하다가 너무 무리한 것인지 피곤해하면서 벌러덩 두 손 두 발 들고는 드르누워 버렸다. 이쁜 다람쥐가 다시 기운을 차려 약초로 치료를 했지만 일곱째 다람쥐는 연명하는 상태로 변화가 없었다. 내가 가서 산삼을 캐어 오겠다고 하자 이쁜 다람쥐는 요즘에 산삼이 없다고 말렸다. 나는 뭐라도 해야 한다며 마지막으로 시간을 달라 하고 비장하게 망태기를 메고 굴을 나왔다. 이쁜 다람쥐에게 현상 유지만 하라고 신신당부하고 산삼을 찾아 달리기를 시작했다. 전에는 산삼이 쉽게 보였지만 다른 다람쥐들이 다 캐 먹어서인지 도통 볼 수가 없었다. 그래도 산 위아래, 등성이 너머, 이곳저곳을 이 잡듯 헤매며 산삼을 찾았다. 그러다 하루가 지났다. 망개 열매를 먹으며 별별 생각이 났다. 그중에 최근에 갔다 온 새로운 폭포수 쪽은 위험하다 생각되어 안 가기로 하고 오직 안 간 곳은 우뚝 솟은 바위산뿐이라 짐작하고 잠을 청해 본다.

둘째 날이다. 보통으로 일어났는데 기분은 늦은 감이 몰려와 아침도 안 먹고 달리다가 쉴 겸 시냇물을 조금 마시고는 바위산으로 달려갔다. 막상 도착하니 풀 한 포기 없는 민둥산이다. 곧 이슬비가 내리기 시작했고 주변은 생각보다 더 휑했다. 이런 곳에 사실은 산삼이 있을 거라 믿고 싶다. 바위산 아래를 뒤졌지만 산삼은 찾을 수 없었다. 바위산 위쪽은 전에 지나가면서 봐 왔던 터라 없을 것이고 안 찾아본 곳은 바위산 중턱뿐이라 바위산을 오르기 시작했다. 이슬비도 계속 내려 바위가 미끄러워졌지만 주로 이끼나 석이버섯을 잡고 몇 개의 바위를 올랐다. 이슬비가 그치면 뱀이 나올 시간이라 마음이 급해졌다. 몇 개쯤 바위에 올라 내 몸을 보니 빗물인지 땀인지 분간이 안 선다. 그래도 일곱째 다람쥐를 생각하여 주변을 자세히 보니 소나무와 도토리나무 사이 그늘진 곳에 작은 삼잎이 이슬을 빨아들이고 있었다. 급한 마음에 달려 나가다가 몇 겹의 낙엽을 밟아 몇 번을 굴러 아래로 떨어졌다. 정신을 차리니 다행히 살아는 있었다. 그런데 떨어질 때 넓적한 가시에 아랫배를 찔려 피가 조금 났다. 나는 아팠지만 꾹 참고 아랫배의 털과 털을 묶어 지혈했다. 잠시 누워서 쉬다가 소나무 밑으로 돌아 드디어 산삼 앞에 도착했다. 산삼잎 하나를 뜯어 먹으니 정신과 마음이 맑아지는 듯했다. 또 하나를 뜯어 잘근잘근 물어 상처에 발라 주고 털과 털을 묶었다. 잠시 후 통증이 가라앉았다. 곧바로 산삼을 서둘러 캐서 망개잎으로 감싼 다음 이끼를 뜯어 전체를 감싸고 묶어 망태기에 넣었다. 비록 산삼이 크지는 않지만 효능은 반백년은 될 거라 믿고 싶다. 이제 내가 마지막으로 해야 할 일은 달리기를 해서 시간이 없는 일곱째 다람쥐에게 가져다주는 것뿐이다. 아랫배가 쓰렸지만 계속해서 달렸다.

마침내 굴에 도착하여 굴로 들어가 이쁜 다람쥐도 찾지 않고 일곱째 다람쥐가 누워 있는 맨 끝 굴로 갔다. 망태기를 내려놓으니 이쁜 다람쥐가 왔다.

나는 일곱째 다람쥐를 들어 무릎에 앉히고 이젠 살 수 있다고 말했다. 그것도 여러 번 말했다. 이쁜 다람쥐가 산삼을 꺼내 이끼로 잘 닦은 다음 바로 아기 다람쥐에게 물렸다. 일곱째 다람쥐는 산삼을 잘근잘근 씹어서 입에 머금었다. 나는 일곱째 다람쥐의 머리부터 꼬리까지 깨끗하게 닦아 주고 한숨을 돌렸다. 일곱째 다람쥐가 스르르 눈을 감았다. 이쁜 다람쥐와 난 돌아가며 일곱째 다람쥐를 곁을 지켜보고 있었다. 밤새도록 말이다. 자정이 되자 일곱째 다람쥐의 꼬리부터 누랬던 색이 멀쩡하게 변화되고 있었다. 새벽이 되자 입에 물고 있던 산삼이 일곱째 다람쥐 목구멍으로 스르르 녹아 들어갔다. 몸의 팔 할은 다람쥐 색으로 변화하였고 아침이 되자 건강한 일곱째 다람쥐가 되었다. 나는 기뻤다. 눈시울이 시큰거렸다. 울고 싶었지만 같이 고생한 이쁜 다람쥐를 생각하며 일곱째 다람쥐를 이쁜 다람쥐에게 던졌다. 이쁜 다람쥐도 처음에는 일곱째 다람쥐에게 뽀뽀도 하고 얼굴 핥기를 하더니만 나를 덮치듯이 이빨을 보이고 기뻐하며 일곱째 다람쥐를 나에게 던졌다. 나는 첫째와 둘째 다람쥐를 불러 일곱째 다람쥐를 잘 데리고 놀으라고 말했다.

그 후 나와 이쁜 다람쥐는 손만 잡고 잤다. 내 꼬리는 이쁜 다람쥐의 몸 전체를 감쌌고 이쁜 다람쥐의 꼬리는 내 배 위에다 올려놓고 잤다.

 이쁜 다람쥐와 내가 자는 모습이 아기 다람쥐들의 눈에는 어떻게 느껴졌는지는 모르겠지만, 나는 재잘거리는 소리에 상쾌하게 잠에서 깨었다. 그리고 예전처럼 첫째와 둘째 다람쥐를 데리고 가을걷이를 계속해 나갔다.

 굴을 나올 때 이쁜 다람쥐는 분명 머리에 뿔이 나 있었다. 다람쥐도 가끔은 머리에 뿔이 날 때가 있다. 그래서 서둘러 굴을 나온지도 모르겠다.

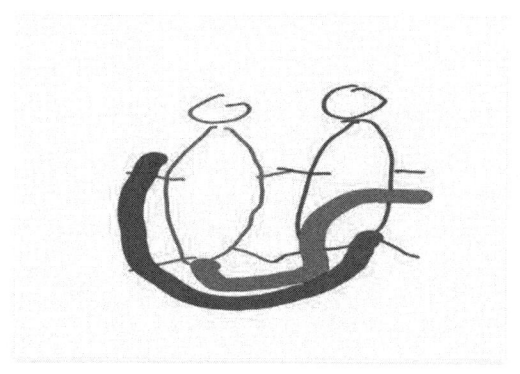

떠나가는 다람쥐들

 아기 다람쥐들이 어린 다람쥐가 되었다. 그래서 아침 일찍 눈을 뜨면 산책을 하고 어린 다람쥐들을 깨워서 달리기를 했다. 묻어 둔 도토리를 캐서 먹고 다시 묻고 하는 생활의 연장이었다. 매일 아침이나 저녁에 아들 다람쥐를 키웠을 때처럼 손자 다람쥐들을 데리고 달리기와 굴 파기에만 열중했다. 이유는 단순했다. 다람쥐가 살아가는 데 있어 먹고사는 방법을 알려 주기 위함이다.

 지나고 보니 내가 어린 다람쥐들에게 사랑으로 대했다면 이쁜 다람쥐는 삐뚤어지지 않게 하기 위해 엄하게 대했다고 생각이 든다. 뭐 하나 먹을 때마다 내가 먼저 먹어야 한다며 이쁜 다람쥐는 내가 먹기 시작한 후에야 어린 다람쥐들에게 먹으라고 했다. 내가 먹는 것을 머뭇거리고 어린 다람쥐들에게 얼른 먹으라고 하면 옆에 있는 이쁜 다람쥐가 옆구리를 꼬집으며 고개를 살짝 들어 먹으라는 시늉을 했다.

어느 날은 어린 다람쥐들을 데리고 마을 시장에 갔다. 어린 다람쥐들은 화려한 마을 시장을 보더니만 눈들이 다들 휘둥그레졌다. 장신구 상점에 들르자 탄성을 질렀다. 물론 망태기에는 이쁜 다람쥐가 캐 준 비싼 약초들이 많아 여유롭게 쳐다만 봤다.

마을 시장을 여기저기 둘러보고 있었는데 따가운 시선을 느꼈다. 어떤 다람쥐가 일곱 다람쥐들 가운데 한 다람쥐에게 시선을 떼지 않는 것을 느꼈다. 그래서 어린 다람쥐들에게 "목걸이를 선물해 주마!"라고 말하고는 절룩 다람쥐가 운영하는 장신구 상점에 들어갔다. 어린 다람쥐들이 장신구 구경에 정신이 팔린 사이 나는 상점 뒤로 나와 두리번거리던 다람쥐에게 다가갔다. 아기 다람쥐를 두고 도망갔던 어떤 귀여운 다람쥐였다. 나는 어떤 귀여운 다람쥐에게 아기 다람쥐는 잘 크고 있다고 했다. 어떤 귀여운 다람쥐는 면목이 없다고 말한 다음 골목 사이로 몸을 급히 빠져나갔다. 나는 아무 일 없다는 듯 절룩 다람쥐 상점에 들어왔다.

그런데 절룩 다람쥐는 없었고 웬 바보 다람쥐가 자신의 자식으로 보이는 아기 다람쥐를 안고 즐거워하고 있었다. 그러면서 목걸이를 아주 싸게 줄 테니 골라 보라고 했다. 그리곤 아기 다람쥐를 안고 계속 눈에다 뽀뽀를 하고 코에다 뽀뽀를 하고 얼굴에 뽀뽀를 하거나 몸 전체를 핥아 주었다. 분명 바보 다람쥐는 장사보단 아기 다람쥐가 더 좋은가보다 생각했다. 이때 일곱째 다람쥐가 아기 다람쥐가 귀엽다며 꼬리를 만지려고 하자 훠이 손을 저으며 쫓아내곤 뒤돌아서는 아기 다람쥐의 꼬리까지 핥아 주는게 아닌가!

얼마 후 절룩 다람쥐가 와서 반갑게 인사를 하고 어린 일곱 다람쥐들에게 목걸이를 선물했다. 바보 다람쥐와도 인사하고 얼른 나와 버렸다. 내가 절룩 다람쥐에게 다시 굴도 파 주고 상점도 내주어서 내 손자들인 어린 다람쥐들을 이뻐라 해 주니 세상에 공짜는 없는 것 같다. 그런 생각을 하니 절룩 다람쥐에게 공치사하는 것 같아 가게를 일찍 일어나서 나왔던 것이다.

어린 다람쥐들이 커 가면 커 갈수록 달리기 속도와 굴 파는 속도, 도토리를 물어 오는 속도가 가중되었다.

어느 늦은 가을에는 첫째와 둘째 다람쥐가 도토리나무에 올라가 도토리를 떨어뜨리면 다섯 다람쥐가 신나게 물어 날라 며칠 안 걸려 겨울 양식을 마련해 마음이 뿌듯했다.

주로 어린 다람쥐들은 나와 보내는 시간이 많아졌다. 그래서 그런지 이쁜 다람쥐는 혼자 있는 시간 동안 아들 다람쥐가 보고 싶은 생각이 드는 것 같았다. 사실은 나도 보고 싶었다.

어느 날 저녁에 이쁜 다람쥐는 나에게 귓속말로 아들 다람쥐가 보고 싶다며 아들 다람쥐를 찾으러 떠날 것이라고 했다. 나는 눈물을 흘리며 아무 말도 하지 못하고 그냥 고개를 끄덕였다.

다음 날 어린 다람쥐들은 이쁜 다람쥐가 없어졌다며 이리저리 찾아도 보고 나한테 왔지만 나는 그냥 조용히 앉아서 어린 다람쥐들에게 솔직히 이야기했다. 그리고 기다리지 말고 열심히 달리기와 굴 파는 일에 충실하고 커서 이쁘고 사랑스러운 이쁜 다람쥐가 생기면 내가 판 굴을 떠나라고 했다. 누구든지 언젠가는 굴을 떠날 것이라며 조용히 이야기했다. 단 하나, 나만이 늙어 별이 될 때까지 이 굴에서 영원히 있겠지만 말이다.

그 후로 이쁜 다람쥐는 손자 다람쥐들 모두가 내가

판 굴에서 떠나가고 나서야 돌아왔다. 어린 다람쥐들은 청년 다람쥐가 되고 나서 하나둘씩 떠나기 시작했다. 그렇다고 멀리 떨어져 사는 게 아니라 아주 가까운 곳에 굴을 파고 이쁘고 착한 다람쥐를 만나 오손도손 살았다. 특히나 첫째 다람쥐와 둘째 다람쥐는 내가 판 굴에서 일정 거리에 있어 고마움을 느낀다.

일곱 다람쥐들은 독립한다는 것을 내심 기뻐했지만 나는 시간이 속절없이 가는 것 같아 내심 편하지만은 않았다.

하지만 그 보람은 더할 나위 없었다.

이쁜 다람쥐 이야기

 이쁜 다람쥐는 내가 어린 다람쥐들을 잘 데리고 다니고 있는 모습을 보면서 아들 다람쥐가 생각나 굴을 나왔다. 시간에 구애받지 않고 아들 다람쥐를 찾을 생각이었다. 그래서 주로 다람쥐들 마을만 찾아 수소문해 봤다. 비가 오면 굴을 파서 피하거나 겨울이 오면 또 굴을 파서 몸을 녹였다.

 어느 봄날 이쪽 마을에서 저쪽 마을로 이동하는데 커다란 구덩이에 멧돼지가 빠져 살려 달라고 외쳤다. 이야기를 해 보니 아들 멧돼지를 위해 칡을 캐러 왔다가 구덩이에 빠진 거라고 했다. 이쁜 다람쥐는 아들 다람쥐 생각에 조건 없이 도와주기로 맘먹고 주위를 둘러보니 바람에 쓰러져 있는 통나무가 있어 통나무 끝 가지에 칡 줄기를 묶고 칡 줄기를 끌어다 멧돼지에게 가져다주고 당기라 해서 아주아주 간단하게 구해 주었다. 구덩이에서 나온 멧돼지가 고맙다며 먹을 것을 줄 테니 무리가 있는 곳에 가자고 해서 동행했다. 이쁜 다람쥐는 멧돼지 무리가 사는 곳에서 몇 개월 동안 살았고 시간이 허송세월 지나가는 듯해서 멧돼지 무리와 헤어져 아들 다람쥐가 있을 법한 다른 다람쥐 마을로 갔다.

이쁜 다람쥐는 예전에 나를 만나 굴을 파고 정착하기 전에 떠돌던 마음으로 이 마을 저 마을 다녔다. 이쁜 다람쥐는 아들 다람쥐와 같이 행복하게 살고 싶었다.

그러던 어느 날 어느 다람쥐 마을에서 아들 다람쥐의 소식을 들을 수 있었다. 아들 다람쥐가 만나던 일곱 귀여운 다람쥐들과 지금은 헤어져 혼자 떠도는 신세라는 소식이었다. 이쁜 다람쥐는 쓸쓸했다. 소문이라 믿기는 어려웠지만 그래도 살아 있다니 감사하고 다행이라 생각했다.

이쁜 다람쥐는 어느 숲을 지나다 빗줄기를 만났다. 비가 몇 날 며칠을 내리기에 이쁜 다람쥐는 아예 큰 나무 아래에서 굴을 파고 살았다. 굴을 파면서 나온 굼벵이는 다음에 먹으려고 다시 묻어 놨다. 다음 다람쥐 마을을 찾아보려고 나무 꼭대기에 가던 중 비에 젖은 새 둥지를 살짝 바라보며 지나가는데 둥지 안에 쓰러져 있는 아기 매 세 마리를 보았다. 보통은 하늘을 보며 먹을 것을 달라고 짹짹거리는데 며칠을 굶은 듯했다. 이쁜 다람쥐는 아들 다람쥐 생각이 나서 묻어 둔 굼벵이 몇 개를 던져 주었다. 그리고는 꼭대기에 올라 다람쥐 마을을 파악했다.

다음 날은 이슬비가 내려 굴에 있다가 아기 매 생각에 다시 굼벵이 몇 개를 가지고 가 보니 원기를 차린 듯한 아기 매들이 이쁜 다람쥐 쪽으로 부리를 벌리기에 굼벵이를 던져 주고 굴로 돌아왔다. 비가 장기간 오면 나는 매도 어쩔 수 없이 먹이를 구하기 곤란할 것이라고 이쁜 다람쥐는 짐작했다. 그래서 다람쥐들도 활동하기 어려울 것으로 생각되어 비가 그칠 때까지 굴에서만 있었다.

이쁜 다람쥐는 겨울이 되면 혼자 굴에서 외롭게 지냈다.

이 마을 저 마을 다른 다람쥐들에게 아들 다람쥐 소식을 묻자 항상 돌아오는 대답은 똑같았다. '안타깝다', '어쩌면 좋으냐' 등등이다.

이쁜 다람쥐가 혼자 잘 때는 별별 생각이 다 났다.

밤에 임시로 판 굴에서 잘 때 호랑이가 "어흥!" 하면 밤새 잠도 못 잤고 굴을 나갈 때 뱀이라도 지나가면 식겁했다.

어차피 굴을 나온 이상 짝꿍인 순수한 다람쥐가 다른 이쁜 다람쥐와 같이 행복하게 살아도 할 말이 없었다. 일곱 다람쥐들이 커서 착하고 이쁜 다람쥐를 만났는지도 궁금해졌다.

이쁜 다람쥐는 세월도 흐르고 산도 넘고 강을 넘으며 다람쥐 마을을 다녀 봤지만 아들 다람쥐를 찾을 수는 없었고 나와 일곱 다람쥐들 생각이 나고 보고 싶어서 내가 판 굴로 돌아오게 되었다.

하늘의 별

　이쁜 다람쥐가 굴로 돌아왔다. 초췌한 모습이다. 그래도 난 몇 날 며칠을 업고 다녔다. 쥐밤을 주는데도 시큰둥해했다. 그래도 여기저기를 업고 놀러 다녔다.
　토끼풀 동산도 둘러보고 일곱 다람쥐들 굴도 방문했다. 토끼풀꽃을 뜯어 머리에 올려놓고 행복해 했다. 이쁜 다람쥐는 여전히 이뻤다.
　일곱 다람쥐네 굴 입구에서 "애들아! 할머니 다람쥐가 왔다!"라고 소리치며 이쁜 다람쥐를 내려놓으면 일곱 다람쥐들은 '오늘은 잔칫날이다!'라고 생각하며 즐거워했고 그날은 배터지게 먹기만 했다. 이쁜 다람쥐도 싫어하지는 않았다. 손자 다람쥐들이 짝꿍 다람쥐들에게 먹을 것을 건네는 모습을 본 이쁜 다람쥐는 이미 입가에 흐뭇한 미소를 띠고 있었다.
　얼마 후에는 반짝반짝 빛나는 반딧불이를 가져와 토끼풀꽃에 올려놓고 행복해했다. 이후에 이쁜 다람쥐는 토끼풀꽃을 머리에 쓰고 내내 살았다.

이쁜 다람쥐는 넷째 다람쥐와 주로 같이 다니면서 약초와 꽃잎 따기를 주업으로 살았다.

이쁜 다람쥐는 내가 콜록거리면 밤에 몰래 나가 달맞이 꽃잎을 따와서 당귀랑 같이 먹으라고 주곤 했다. 바람이 부나 비가 오나 눈이 내리나 항상 나의 건강을 평생에 걸쳐 생각해 준 이쁜 다람쥐를 생각하니 코를 골아도 이쁘게만 보였다.

나는 일곱 다람쥐들 굴 상태를 봐주거나 새롭게 굴 팔 때에 조언도 해 주면서 살았다. 물론 이웃 늙은 다람쥐도 신경 써야 하고 마을의 아기 다람쥐들도 신경 써야 해서 바쁘게 지냈다.

그렇게 행복하게 살았다.

세월이 많이 흘렀다.

일곱 다람쥐들이 각각 아기 다람쥐를 안고 내가 판 굴에 들어와서는 나에게 안겨 주는데 나는 입을 다물 수 없었다. 물론 이쁜 다람쥐도 기뻐서 이리저리 왔다 갔다 정신없이 바쁘게 움직이기만 했다. 아기 다람쥐를 안고 "까꿍!" 하고 내 꼬리를 들어 흔드니 아기 다람쥐가 잡으려고 하는 게 얼마나 귀여운지 모르겠다.

나는 이쁜 다람쥐에게도 아기 다람쥐를 안아 보라고 권하며 건넸다. 그런데 이쁜 다람쥐는 아기 다람쥐를 안고 유심히 보더니만 갑자기 "아들 다람쥐가 아냐!" 하면서 던져 버렸다. 그러면서 이쁜 다람쥐는 나에게 귓속말로 "아들 다람쥐랑 비슷하게 생겼는데 아들 다람쥐는 눈 위에 상처 자국이 있는데 쟤는 없어."라고 말했다. 나는 이쁜 다람쥐를 위해 나도 그렇게 생각한다며 맞장구를 쳤다. 이쁜 다람쥐가 잠시 자리를 비운 사이 일곱 다람쥐들에게 요즘 이쁜 다람쥐가 늙어서 정신이 혼미하니 이해를 해 달라고 부탁한 다음에 또 오라고, 오늘은 그만 가라고 했다.

어느 날은 여섯째 다람쥐가 아기 다람쥐를 안고 와서는 아기 다람쥐와 이쁜 다람쥐 사이 망개잎 위에 산딸기를 내려놓고 드시라고 하자 이쁜 다람쥐는 산딸기를 뒤로 놓고 꼬리로 감추며 아무 일 없다는 듯 먼 산을 쳐다봤다. 나는 얼른 쥐밤을 까 주며 울 것 같은 아기 다람쥐를 달랬다.

사실은 나도 정신이 혼미한 적이 많다. 뭔가를 잃어

버리기 일쑤고 내가 뭔 일을 했는지 까먹을 때가 잦았다. 어느 날은 나와 이쁜 다람쥐를 포함해 일곱 다람쥐들 모두가 모여 내 생일잔치를 열었다. 근데 오늘이 무슨 날인지 몰라 일곱 다람쥐들에게 오늘이 무슨 날이냐고 물었다. 내 뒤에 있던 이쁜 다람쥐가 두 번째 손가락을 관자놀이 옆에서 빙글빙글 돌리자 다람쥐 모두가 웃었다. 잔치가 끝나고 이쁜 다람쥐가 내 생일이라고 정신 차리라고 말했다. 이쁜 다람쥐와 난 늙어서 그렇게 살았다.

하지만 잘 때는 손을 잡고 잤다.

이쁜 다람쥐와 나는 머리털도 하얗고 이빨도 없어 별이 될 시간이 가까워 왔음을 직감했다. 다리 근육도 없어 멀리까지 나가지는 못하고 가까이 가서 먹을 것을 구해 왔다. 물론 일곱 다람쥐들이 먹을 것을 가져다 줬지만 말이다.

세월이 흘렀지만 아들 다람쥐의 소식은 없었다. 그냥 잊고 지냈는데 이쁜 다람쥐는 평생에 한이라며 작은 눈물을 보였다. 나는 한 가지 묘안을 생각했다. 이 마을 저 마을 돌아다니면서 장사를 하는 셋째와 다섯째 다람쥐에게 나와 이쁜 다람쥐가 아프고 살날이 얼마 안 남았다고 소문을 내라고 했다.

어느 겨울날에 잠만 자던 이쁜 다람쥐가 벌떡 일어나더니 별이 될 시간이라며 나랑 살면서 맛있는 거 많이 먹고 행복하게 호강하며 잘 살았다며 얼굴을 한 번 핥아 주고 "안녕, 순수한 다람쥐야!"라고 말하며 깡충깡충 힘차게 뛰어나갔다.

나는 나가지 말라고 목 놓아 소리치고 붙잡으려고 기어가다가 그대로 기절했다.

☆ ☆ ☆

그렇게 이쁜 다람쥐는 공주별이 되었다.

그렇게 겨울도 났다.

봄이다.

나는 더 이상 움직일 수 없어서 항상 내 옆에는 일곱 다람쥐들이 돌아가면서 지켜 줬다. 마지막으로 산 보리수가 먹고 싶었다. 그래서 손가락을 네 개만 들었다. 약초를 잘 캐는 넷째 다람쥐가 산 보리수를 따 왔다. 하나를 베어 물자 그나마 정신이 돌아왔다. 그래서 양손을 들어 긁는 시늉을 하자 얼마 안 돼서 일곱 다람쥐들 모두가 모였다. 첫째 다람쥐부터 고맙다는 듯 고개를 작게 위아래로 끄덕였다. 일곱째 다람쥐는 내 두 손을 꼭 잡았다. 나는 그대로 기절했다. 그 후 며칠 만에 깨어났지만 헐떡거리며 숨을 쉬다가 다시 기절했다.

다시 눈을 뜨니 오른쪽에 일곱 다람쥐들이 나를 보면서 앉아 있었고 곧이어 아들 다람쥐가 굴 안으로 들어왔다. 아들 다람쥐는 내 왼팔을 붙잡고는 "아버지!"라고 외치면서 엉엉 울었다. 나는 왼팔을 아들 다람쥐가 잡고 있는 것을 느꼈다. 그러나 말을 할 수 없었고 고개를 돌려 쳐다볼 수도 없었다. 마음이 편안해졌다. 별이 되기 전 해야 할 일이 있었다. 나는 이쁜 다람쥐를 생각하며 힘겹게 오른손을 들어 "꺄~이!" 하고는 눈물을 터트리면서 고개를 떨어트렸다. 나는 하늘의 별이 되었다. 훗날 모든 다람쥐들은 나의 별을 북극별이라 불렀다.

한편 일곱 다람쥐들은 '꺄~이!'가 무슨 뜻인지 몰라 당황해했다. 아들 다람쥐는 울음을 그치고 일곱 다람쥐들에게 인사를 하고 천천히 설명을 하고는 장례를 준비해 나갔다. 다람쥐 장례는 간단하다. 굴 안에 별이 된 다람쥐를 놔두고 돌멩이로 막은 다음 흙을 무너뜨리고 다시 돌멩이를 막는 작업을 반복해 굴을 완전히 메운다. 다 메운 다음 그냥 큰 낙엽을 한 장 놓는 게 끝이다. 만약에 어떤 다람쥐가 굴을 파다가 흙, 돌, 흙, 돌이 연속으로 나오면 그곳은 다람쥐 무덤이기 때문에 안 파는 게 원칙이다.

깨달음

 나의 장례가 끝나고 일곱 다람쥐들은 모여서 아빠 다람쥐와 가까이 살기를 바란다고 말하자 아들 다람쥐는 많은 손자 손녀 다람쥐들이 귀엽고 앙증맞게 생겨 그동안 못 했던 것들을 많이 해 보고 싶어 마을에 남기로 했다. 그리고 내가 판 굴 아래쪽에 작은 굴을 파고 살았다.

 해당화 뿌리도 캐다 이쁜 다람쥐가 묻힌 곳과 내가 판 굴 가운데쯤에 심어서 아주 이쁘게 자랐고 향기도 그윽했다.

 낮이면 토끼풀 동산에 가서 손자 손녀 다람쥐들에게 "꺄~이!"를 알려 주었고 밤이면 대대로 내려오는 일곱 다람쥐별과 북극별과 공주별 이야기를 해 주었다.

 그 후 어린 다람쥐들은 가까운 다람쥐들이 먹을 것을 주면 "꺄~이!" 하고 다녔다.

 세월이 흐른 후 아들 다람쥐는 해당화가 있는 곳에 누워서 생각했다. 아들 다람쥐는 나와 이쁜 다람쥐가 왜 굴을 나가라고 했는지 평생을 생각해도 깨달음을 얻지 못했다.

끝